EX-LIBRIS

Este libro pertenece a la colección privada de:

....

....

Joyas de la Literatura Romántica

ALPHONSE DE LAMARTINE

© Edita:
S. A. de Promoción y Ediciones
CLUB INTERNACIONAL DEL LIBRO
Avda. Manoteras, 50-52
28050 Madrid

ISBN: 84-407-1659-1
Depósito legal: B-28072-2006
Imprime: Grupo Cayfo Quebecor

ALPHONSE
DE LAMARTINE

RAFAEL

INTRODUCCIÓN

El verdadero nombre del amigo que ha escrito estas páginas, no es el de Rafael. Sus amigos y yo solíamos llamarle así en broma, porque en su adolescencia se parecía mucho a un retrato de Rafael niño, que está expuesto en la galería Barberini en Roma, en el palacio Pitti de Florencia, y en el museo del Louvre en París. Le dábamos también este nombre, porque este niño tenía por rasgo característico un sentimiento tan vivo de lo bello, lo mismo respecto de la naturaleza como del arte, que su alma no era más, por decirlo así, que un reflejo de la belleza material o ideal sembrada en las obras de Dios y en las de los hombres, tal era su exquisita sensibilidad, que casi constituía en él una tenaz dolencia antes que el tiempo viniera a templar aquel enardecido espíritu; aludiendo a este sentimiento de nostalgia, conocido vulgarmente bajo la denominación de «mal del país», decíamos nosotros que nuestro amigo tenía el «mal del cielo», y él sonriendo convenía en ello.

Esta pasión por lo bello le hacía desdichado; en otras condiciones hubiera podido haberle servido para lograr un nombre ilustre. Si hubiese tenido un pincel, habría pintado la *Virgen* de Foligno, si hubiera manejado el cincel, habría esculpido la *Psiquis* de Canova; si hubiese conocido el lenguaje en que se escriben los sonidos, habría puesto en música las querellas de los vientos del mar al herir las fibrosas ramas de los pinos de Italia o los suspiros de una doncella que adormecida sueña con aquel cuyo nombre le interesa ocultar. Si hubiera, sido poeta habría escrito los apóstrofes de Job a Jehovah, las estrofas de Herminia y del Taso, los diálogos de Romeo y Julieta al resplandor de la luna, de Shakespeare, la descripción de *Haydée* de lord Byron.

Nuestro amigo no era menos amante del bien que de lo bello, pero no amaba la virtud por lo que tiene de santa, sino por la belleza que atesora. Sin ninguna ambición en el carácter, la habría tenido en la imaginación. Si hubiese vivido en esas antiguas repúblicas donde el hombre se desenvolvía por completo dentro de la libertad como se desarrolla el cuerpo sin ligaduras al aire libre y bajo los ardores del sol, hubiera aspirado a la cumbre de todo como César, hubiera hablado como Demóstenes, hubiera muerto como Catón. Pero su humilde destino, ingrato y oscuro le sometía, a pesar suyo, a una vida de contemplación y ociosidad. Tenía alas para volar, pero no había a su alrededor aire suficiente para remontarse. Murió joven y devorando el espacio con la mirada, pero sin haberlo recorrido. Su sueño fue su mundo. ¡Que se realice al menos en el cielo!

¿No conocéis este retrato de Rafael niño, del cual os he hablado tantas veces? Su figura aparenta dieciséis años, un poco pálida, algo aplomada por los rayos del sol de Roma y en la que todavía florece sobre sus mejillas el bozo de la infancia. Un rayo de luz parece juguetear sobre su tez aterciopelada. El codo del joven está apoyado sobre una mesa; el antebrazo levantado para sostener la cabeza reclinada en la palma de la mano; los dedos, admirablemente modelados, imprimen un ligero y blanco surco en la barba y la mejilla. La boca es fina, melancólica, delirante; la nariz delgada y suavemente matizada entre los ojos de un tinte azulado, como si la delicadeza de su cutis dejara transparentar allí el azul de sus venas; sus ojos, de un color de cielo oscuro semejante al cielo de los Apeninos al rayar la aurora, miran de frente, pero con una ligera inflexión hacia el cielo, como si miraran siempre más allá de la naturaleza, llenos de luz hasta el fondo y húmedos sus destellos, impregnados de rocío o de lágrimas. La frente apenas arqueada; bajo su fina epidermis vense estremecer los músculos del organismo del pensamiento, las sienes reflexionan; el oído escucha.

Los cabellos, cortados con desigualdad y por vez primera, merced a las profanas tijeras de un compañero de taller o de una de sus hermanas, proyectan algunas leves sombras sobre las mejillas y sobre la mano. Un pequeño gorro chato de terciopelo negro inclinado sobre la frente cubre la parte superior de su cabeza. Cuando se pasa por delante de este retrato se medita y se entristece uno sin saber por qué. Es el genio en su infancia soñando, a los umbrales de su destino antes de haber penetrado en él. Es un alma a las puertas de la vida. ¿Qué será de ella?

¡Ahora bien! Añadid seis años a la edad de este niño que sueña, acentuad estos rasgos, tostad su tez, plegad su frente, peinad sus cabellos, enterneced un poco su mirada, palideced sus labios, elevad su estatura, prestad mayor relieve a sus músculos, trocad este traje de la Italia de León X por el oscuro y uniforme que corresponde a un joven educado en la sencillez de los campos, y que no exige sino decencia en su vestido. Conservad en toda su actitud cierta pensativa languidez de sufrimiento, y tendréis el fiel retrato de Rafael a los veinte años.

Su familia era pobre, establecida hacía tiempo en las montañas de Torez, donde tenía su exiguo patrimonio. Su padre había trocado la espada por el arado, a instancia de los hidalgos españoles. Su única dignidad era el honor que vale por todas. Su madre era una mujer joven todavía, bella, que hubiera podido pasar por hermana suya, tanto se le parecía. Educada en el lujo y elegancia de una capital, no le había quedado ya sino ese perfume del lenguaje y de las maneras que nunca se evapora como no pierde el aroma de las pastillas de rosa del serrallo, el vaso de cristal en que han sido guardadas.

Una vez relegada a estas montañas al lado de un marido que el amor le había concedido y de sus hijos entre los cuales había pasado todas sus complacencias y todos sus orgullos de madre, nada había echado de menos. El bello libro de la juventud estaba para ella cerrado con estas tres palabras: Dios, su marido y sus hijos. Su predilecto era Rafael. Hubiera querido darle la fortuna y el destino de un rey; pero he aquí que ella no tenía para elevarle otra cosa que su corazón. La suerte se estrellaba constantemente y a cada paso contra los fundamentos de su escasa fortuna y sus ensueños.

Dos santos ancianos, víctimas de la persecución, algún tiempo después del Terror, por no sé cuáles opiniones religiosas y místicas que anunciaban una revolución en el siglo, habían venido a refugiarse en estas montañas. Su asilo fue la casa de Rafael, al que su madre llevaba todavía en brazos. Ellos le anunciaron algo extraordinario, le señalaron una estrella; «confiad en el corazón de vuestro hijo», dijeron a la madre. ¡Una madre es tan propensa a creer! Su piedad se lo reprochaba, pero les creyó. Esta credulidad la sostuvo contra muchas pruebas, pero sus esfuerzos para elevar a Rafael fueron superiores a su resistencia, y al fin se vio engañada.

Yo conozco a Rafael desde la edad de doce años. Después de su madre yo era quien más le quería. Una vez terminados nuestros estudios, nos volvimos a París y después a Roma. Él fue llevado por un pariente de su padre para copiar manuscritos en la biblioteca del Vaticano. Rafael habíase apasionado del idioma y del genio de Italia. Hablaba el italiano mejor que su propio idioma. Bajo los pinos de la villa Pamphili, ante el espectáculo de la puesta del sol y de las ruinas de Roma esparcidas en la llanura, solía improvisar estrofas que me hacían llorar. Pero no escribía nada.

—Rafael –le dije yo–, ¿por qué no escribes?

—¡Bah! –me dijo–, ¿escribe, acaso, el viento sus cánticos sonoros en el follaje que murmura sobre nuestras cabezas? ¿La mar escribe, por ventura, los roncos gemidos de sus playas? Lo más bello no está escrito, lo que hay de divino en el corazón del hombre, jamás pudo expresarse. El instrumento es de carne: la nota es de fuego. ¿Qué quieres hacerle? Entre lo que se siente y lo que se expresa –añadió tristemente– hay la misma distancia que entre el alma y las veinticuatro letras del alfabeto, es decir, el infinito. ¿Pretendes tú transportar a una planta de caña la armenia de los mundos?

Yo le dejé para volver a encontrarle en París. En vano buscaba entonces, por medio de las relaciones de su madre, una ocupación activa que le descargase del peso que agobiaba su alma y le librara del yugo de su cruel destino. Los jóvenes de nuestra edad le buscaban, las mujeres le miraban con marcada complacencia al verle pasar por las calles. Jamás frecuentó los salones. De todas las mujeres no amaba más que a su madre.

De pronto le perdimos de vista por espacio de tres años; luego supimos que se le había visto en Suiza, en Alemania y en Saboya; más tarde, un invierno en París, pasando parte de las noches sobre un puente y un malecón. Su exterior acusaba una extrema desnudez. Esto fue bastantes años después de no haberle vuelto a ver. A pesar de su larga ausencia no habíamos dejado de pensar en él un solo instante. Era una de esas naturalezas que no se hacen olvidar fácilmente.

Por fin la casualidad nos reunió al cabo de doce años. He aquí cómo:

Yo había recibido una herencia en su provincia y fui allí para vender una tierra. Pregunté por Rafael y me dijeron que había perdido a su padre, a su madre, a su mujer y a su hijo, con pocos años de intervalo; que sobre tantas desdichas del corazón, reveses de fortuna le habían abatido, y que no le quedaba de su exiguo patrimonio más que una heredad compuesta de una vieja torre, ruinosa y casi desmantelada, al borde de un barranco, el jardín, la huerta, el prado en la quebrada, y cinco o seis fanegas de mala tierra, que labraba él mismo con dos escuálidas vacas; no se distinguía de los aldeanos, sus vecinos, sino por los libros que consigo llevaba siempre al campo y que constantemente tenía en una mano mientras que con la otra sostenía el mango del arado. Pero hacía ya algunas semanas que no se le había visto salir de su casa. Sospechábase que hubiera vuelto, quizá, a partir para uno de esos viajes que duraban años: sería lástima; se añadía, todo el mundo le quería en el vecindario. Aunque pobre hacía tanto bien como si fuese rico.

Hay buenas telas en el país tejidas con la lana de sus corderos. Por la tarde, enseña a leer, a escribir y a dibujar a los niños de las aldeas cercanas. Los calienta al fuego de su hogar, les da su pan y Dios sabe si le queda algo cuando las cosechas son malas como la de este año.

De esta manera me hablaron de Rafael. Yo quise ver, al menos, la morada de mi antiguo amigo. Hice que me condujesen hasta el pie de la colina, en cuya cima se elevaba su ennegrecido torreón, rodeado de algunos bajos establos en medio de un bosquecillo de bojes y de avellanos. Pasé por un tronco de árbol sobre el arroyo casi seco que corría en el fondo del barranco. Subí por un sendero de resbaladizos cantos; dos vacas y tres corderos pacían en las laderas abrasadas de la colina, bajo la custodia de un viejo criado casi ciego que recitaba su rosario, sentado sobre un escudo de escultura, caído de la cintra de la puerta. Éste me dijo que Rafael no había partido, pero que hacía dos meses que estaba enfermo, y que temía no volver a verle salir de la torre sino para el cementerio; y me señaló con su descarnada mano el cementerio situado sobre la colina opuesta.

—¿Se puede ver a Rafael? –le pregunté.

—¡Oh! Sí –dijo el viejo–, subid la escalera y tirad de la cuerda del picaporte de la sala, a la izquierda. ¡Le encontraréis tendido sobre su lecho, tan dulce como un ángel... tan inocente como un niño! –añadió el buen viejo enjugándose los ojos con el reverso de la mano.

Subí la escarpada rampa larga y carcomida de una escalera exterior. Los peldaños abiertos en la pared de la torre, terminaban en una meseta de madera con un techo bajo, cuyas tejas caídas llenaban el piso de la escalera.

Tiré de la cuerda de la puerta a la izquierda y entré.

No olvidaré jamás aquel espectáculo. La estancia era vasta. Ocupaba todo el espacio contenido entre los muros de la torre. Dos grandes ventanas con cruceros de piedra, cuyos vidrios enmohecidos y rotos estaban unidos con barretas de plomo, dejaban paso a los rayos del astro del día. El techo lo constituían gruesas vigas ennegrecidas por el humo, el suelo enlosado de ladrillo; de una chimenea alta, cuyos pies derechos eran de manera groseramente estriados, pendía de un garfio una olla llena de patatas, bajo la cual humeaba una rama ardiendo próxima a consumirse.

Dos altos sillones con respaldo de madera tallada, cubiertos de una tela cenicienta cayo color primitivo era imposible adivinar, constituían todo el mueblaje de la estancia; una gran mesa cubierta en su mitad con un mantel de cáñamo crudo que envolvía el pan, y la otra mitad de papeles y libros en desorden; por último, una cama de columnas carcomidas con colgaduras de jerga azul, sujetas alrededor de las columnas para dejar penetrar el aire por la ventana abierta y dar paso a los rayos de sol hasta la cubierta del lecho. Un hombre joven todavía, pero extenuado por la consunción y la miseria, estaba sentado en el borde de la cama, y ocupado, en el momento que abrí la puerta, en desmigajar pedacitos de pan a una nube de golondrinas y de pajarillos que se agrupaban a sus pies sobre el pavimento...

Los pájaros volaron al ruido de mis pisadas y fueron a colocarse sobre la cornisa de la sala, sobre las columnas y los bordes del techo de la cama.

Reconocí a Rafael a través de su palidez y demacración. Su figura, si bien perdida la juventud, conservaba todo su carácter, no había hecho sino cambiar de belleza. Ésta era, sin embargo, la de la muerte. Rembrandt no hubiera buscado el tipo de otro *Cristo en el huerto*. Sus cabellos negros caían en bucles sobre sus hombros cual los de un labrador después de las faenas del día. Su barba era larga, pero colocada con tal simetría natural que dejaba adivinar el gracioso corte de sus labios, la prominencia de sus mejillas, lo arqueado de sus ojos, la delicadeza de su nariz, la inteligente concavidad de sus sienes, la blancura de su tez. La camisa abierta sobre el pecho dejaba ver su cuerpo descarnado, pero musculoso, que hubiera prestado majestad a su estatura si su debilidad no le impidiera levantarse. Me reconoció al primer golpe de vista; dio un paso hacia mí con los brazos abiertos para abrazarme, y volvió a caer sobre el lecho. Me acerqué a él. Lloramos... después charlamos. Me refirió toda su vida, siempre truncada por reveses de fortuna o por la muerte en el momento en que esperaba recoger el fruto o la flor; la pérdida de su padre, la de su madre, la de su mujer y la de su hijo; después los reveses de fortuna, la venta forzosa de su patrimonio y, por fin, su retiro a estos últimos restos de la casa de su familia, donde no tenía otra compañía que la del viejo vaquero que le servía sin retribución alguna, por amor al nombre de su casa; y, en fin, su desfallecimiento, que le llevaría, decía él, con las hojas de otoño y que le acostaría en el cementerio de su lugar al lado de los que había amado. Su sentimentalismo se revelaba hasta en la muerte, y lo comunicaba en su ideal al césped y al musgo que florecieran sobre su tumba.

—¿Sabes lo que más me aflige? –me dijo, señalándome con el dedo la hilera de pajarillos colocados sobre la cornisa del lecho–, la idea de que en la próxima primavera estos pobrecillos, de los cuales he hecho mis últimos amigos, me buscarán en vano en mi torre, y no encontrarán ya el vidrio roto por donde entrar en mi aposento, ni los velloncillos de lana de mi colchón sobre este suelo para hacer sus nidos. Pero la nodriza a quien dejo mi pequeña herencia tendrá cuidado de ellos mientras viva, repuso, como para consolarse él mismo, después de ella..., y ¡bien!..., ¡Dios!...

«Él provee siempre a estos pajarillos».

Habíase enternecido hablando de sus pájaros. Se conocía que la ternura de su alma, apartada o desengañada de los hombres, habíase refugiado en los animales.

—¿Permanecerás algún tiempo en estas montañas? –me dijo.

—Sí –le respondí.

—Tanto mejor –repuso él– ¡tú me cerrarás los ojos y tendrás cuidado de que mi fosa se cave lo más cerca posible de las de mi madre, de mi mujer y de mi hijo!

Me suplicó en seguida que le aproximase un gran cofre de madera tallada que estaba debajo de un saco de maíz en un ángulo de la estancia. Puse el cofre sobre la cama. Sacó una porción de papeles, que rompió y quemó en silencio durante media hora. Luego hizo barrer a su nodriza los restos de aquel incendio. Había versos en todos los idiomas e innumerables páginas de fragmentos, separados por fechas, al parecer de recuerdos. ¿Para qué reducir a cenizas todo eso? –me aventuré a decirle, no sin timidez– ¿el hombre no tiene una herencia moral, lo mismo que una herencia material, que dejar a los que le sobreviven? Tú, ¡quemas, quizá, ideas o sentimientos que vivificarían un alma!...

—Déjame hacer –me respondió–; bastantes lágrimas hay en este mundo, no es necesario infiltrar más gotas en el corazón del hombre. Esto es aquello –añadió, mostrándome unos versos–, locuras de mi mente, desde entonces ha cambiado mucho, no le queda ya sino sus alas de eternidad... y continuó rasgando y quemando, mientras yo contemplaba la árida campiña por los vidrios rotos de una ventana.

Al fin me llamó junto a sí.

—Ten –me dijo– salva solamente este pequeño manuscrito, yo no tengo valor para quemarlo. Después de mi muerte la nodriza haría cucuruchos para sus granos. No quiero que el nombre tantas veces estampado en él pueda profanarse. Llévatelo y guárdalo hasta que sepas que he muerto. Después lo quemarás o lo conservarás hasta tu vejez para acordarte alguna vez de tu amigo al recorrerlo. Tomé el rollo, lo guardé y salí, prometiéndome volver al día siguiente y todos los demás, a dulcificar los postreros días de Rafael con los cuidados y entretenimientos de un amigo. Al bajar me encontré en la escalera una veintena de niños, que subían para aprender la lección que él les daba hasta en su lecho de muerte; un poco más lejos, el cura del lugar que venía a pasar con Rafael las primeras horas de la tarde. Le saludé con respeto. Vio mis ojos enrojecidos y me hizo un saludo de triste inteligencia.

Al día siguiente volví a la torre. Rafael había fallecido aquella noche. La campana de la aldea cercana comenzaba a tañer los lúgubres toques de difunto. Las mujeres y los niños salían a las puertas de su casa y lloraban, mirando hacia la torre. En un pequeño campo, cerca de la iglesia, dos hombres cavaban la tierra y abrían una fosa junto a una cruz.

Me aproximé a la puerta: una nube de golondrinas revoloteaban y piaban alrededor de las ventanas abiertas, entrando y saliendo sin cesar, como si les hubieran robado sus nidos.

Más tarde, leyendo estas páginas, comprendí por qué mi amigo se rodeaba de estos pájaros y que su recuerdo le acompañaría hasta la tumba.

RAFAEL

I

Hay sitios, climas, estaciones, horas, circunstancias externas de tal modo en armonía con ciertas impresiones del corazón que la naturaleza parece formar parte del alma y el alma de la naturaleza; a tal punto que si se separa el drama de la escena y la escena del drama, aquélla se descolora y el sentimiento se desvanece. Quitad las playas de Bretaña a Renato, las sabanas del desierto a Atala, las nieblas de la Suabia a Werther, las cálidas regiones y sus ardientes melancolías a Pablo y Virginia, y no comprenderéis ni a Chateaubriand, ni a Bernardino de Saint-Pierre, ni a Goethe. Las cosas y los lugares se unen por un lazo íntimo, porque la naturaleza es una en el corazón del hombre como ante sus ojos. Somos hijos de la tierra. La vida que alimenta su savia y nuestra sangre es la misma. Todo cuanto la tierra, nuestra madre, parece experimentar y decir a nuestros ojos en sus formas, en sus aspectos, en su fisonomía, en sus melancolías o en sus esplendores, tiene eco en nuestro ser. No se comprende bien un sentimiento sino en los sitios donde ha sido sugerido o engendrado.

II

A la entrada de la Saboya, laberinto natural de profundos valles que descienden como otros tantos lechos de los torrentes del

Simplón, del San Bernardo y del monte Cenis hacia la Suiza y hacia la Francia, en un gran valle más ancho y menos encajonado se destaca Chambery de entre la maraña de los Alpes formando un lecho de verdor, de ríos y de lagos hacia Ginebra y Annecy, entre el monte del Gato y las montañas murales de los Beauges.

A la izquierda, el monte del Gato levanta contra el cielo, en una longitud de dos leguas, una línea sombría, uniforme, sin ondulaciones en su cumbre. Podría decirse que es una inmensa muralla tirada a cordel. En su extremidad oriental hay dos o tres agudos dientes de roca que interrumpen la monotonía geométrica de su forma, y su vista sugiere la idea de que no es la mano del hombre sino tan sólo la de Dios la que ha podido jugar con estas masas. Hacia Chambery, las faldas del monte del Gato se extienden suavemente por el llano, formando en su descenso algunos ribazos y senderos revestidos de abetos, de nogales y castaños entrelazados por vides trepadoras. A través de esta vegetación fecunda y casi salvaje, vense blanquear a lo lejos multitud de casas de campo, destacarse los altos campanarios de los lugarejos o negrear las viejas torres de los almenados castillos de otra edad. Más abajo el llano, que en otro tiempo fue un vasto lago, conserva aún la hondonada, las orillas dentelladas, los promontorios avanzados, de su antigua forma. En vez de las aguas vense ondular allí la variedad de verde o amarillo de los álamos, las praderas y la mies.

Algunas mesetas un poco más elevadas y que antes fueron islas, se destacan en medio de este valle pantanoso, y sirven de cimiento a chozas o casas cubiertas de paja escondidas bajo la enramada. Al otro lado de este terreno desecado, el monte del Gato, más desnudo, más rígido y más áspero, baña sus faldas de roca en las aguas de un lago más azul que el firmamento hacia el cual eleva su cresta. Este lago cuyo contorno tiene una longitud de seis leguas por una anchura que varía de una a tres, se halla profundamente encajonado por el lado de la Francia, mientras que por la parte de Saboya se muestra sin obstáculo formando ensenadas y pequeños golfos entre laderas cubiertas de árboles, de matas, de elevados viñedos y de higueras, cuyo follaje se lava en estas aguas. El lago piérdese de vista yendo a morir al pie de las rocas de Châtillon, que se abren para dejar entrar el grueso del lago en el Ródano. La abadía de Haute-Combe, tumba de los príncipes de la casa de Saboya, elévase al norte, sobre un manchón de granito, proyectando en el lago la sombra de sus vastos claustros. Este edificio, resguardado todo el día de los rayos del sol por la muralla del monte del Gato, parece evocar por la oscuridad que le rodea, el fantasma de la noche eterna, entre los pliegues de cuyo manto esconde a estos príncipes descendidos desde lo alto del trono a lo profundo de sus cuevas. Solamente por la tarde un rayo de sol poniente hiere y se refleja un momento sobre sus muros, como para mostrar al hombre la puerta de la vida al extinguirse el día. Algunas barcas de pescadores se deslizan silenciosamente sobre las aguas y al abrigo de las altas peñas de la montaña. La vetustez de sus bordes hace confundir su color con el sombrío de las aguas. Águilas de plumas grises se posan sin cesar sobre las rocas y las barcas, como para disputar su presa a las redadas o para arrojarse sobre los pájaros pescadores que siguen el surco de estas barquillas a lo largo del río.

II

La ciudad de Aix, en Saboya, humeante, ruidosa y fragante merced a la corriente y emanaciones de sus aguas cálidas y sulfurosas, se halla asentada sobre una espaciosa y descendente ladera de viñedos, de prados y huertos que forman escalera. Una larga hilera de álamos seculares, semejante a esas calles de árboles que se pierden de vista y que conducen en Turquía a los cementerios, unen a la población con el lago. A derecha e izquierda de esta gran vía de prados y de campos atravesados por ásperos senderos y muchas veces por los torrentes de las montañas, gigantescos nogales dan sombra a multitud de vides, corpulentas como los bejucos de América, suspendiendo sus pámpanos y sus racimos. A través de sus claros se vislumbra a lo lejos el reflejo de las aguas del lago azul ya claras u oscuras a merced de las nubes y de las horas del día.

IV

Cuando llegué a Aix, todo el mundo se había marchado. Los hoteles y salones donde los extranjeros pululan durante el estío, estaban cerrados. No se veían sino algunos enfermos sentados al sol a las puertas de los albergues más miserables; algunos otros, sin esperanzas arrastrando sus pasos, a las horas de calor, sobre las hojas secas caídas de los álamos durante la noche.

V

El otoño era benigno pero precoz. Era la estación en que las hojas heridas por la escarcha de la mañana y coloreadas un instante de tintas rosadas llueven en abundancia de las vides, de los guindos y de los castaños. Las brumas se extienden hasta el mediodía a la manera de grandes inundaciones nocturnas por todos los lechos de los valles, no quedando sobre ellos sino las capas casi desnudas de los más altos álamos del llano, las riberas elevadas a manera de islas, y los dientes de las montañas como promontorios o peñascos sobre el océano. Las tibias ráfagas de viento del mediodía barrían todas este espumoso oleaje de la tierra en el momento de elevarse el sol hasta el cenit. Estos vientos comprimidos en las gargantas de las montañas y batidos por las rocas, las aguas y los árboles, daban sus quejas en sonoros murmullos, tristes, armónicos, ya poderosos ya tenues e imperceptibles recorriendo en pocos minutos todos los tonos de la infinita escala de las armonías de la naturaleza. El alma estaba conmovida. Después desvanecíanse como las pláticas de los espíritus celestes que pasan y se alejan. Un profundo silencio les sucedía y apagaban hasta el ruido de la respiración. El cielo recuperaba su serenidad casi italiana. Los Alpes se destacaban en un firmamento sin sombra y sin fondo, las gotas de rocío de la mañana caían rebotando sobre las hojas secas o brillaban en continua luminaria sobre los prados.

Las horas pasaban. Las sombras amoratadas y frescas de la tarde desfilaban con rapidez desplegadas en sábanas sobre los horizontes apenas iluminados por los últimos rayos del sol. La naturaleza parecía morir, pero como muere la juventud, con toda su gracia y toda su serenidad.

VI

El país, la estación, la naturaleza, la lozanía y languidez de todo cuanto me rodeaba se hallaban en tan prodigiosa consonancia con mi propia melancolía que embriagándome acrecía sus encantos. Me sumí en tristes meditaciones. Pero mi tristeza estaba llena de vida, saturada de pensamientos, de impresiones, de íntimas confidencias con lo infinito, de algo que vivificaba mi alma y la impedía sustraerse a ella. Enfermedad del hombre, pero enfermedad cuyo sentimiento es un atractivo del dolor, y bajo cuya influencia la muerte se asemeja a un voluptuoso desvanecimiento en los espacios de lo infinito. Estaba resuelto a librarme de toda esclavitud, a separarme de toda sociedad que pudiera distraerme y rodearme del silencio, la soledad e indiferencia que había encontrado en aquel mundo venturoso; el estado de aislamiento de mi espíritu era un sudario a través del cual no quería volver a mirar el mundo de los hombres, sino solamente la naturaleza y Dios.

VII

En Chambery había visto a mi amigo Luis de... Habíale encontrado con las mismas disposiciones de ánimo que yo tenía, independiente, disgustado de la vida, de carácter excéntrico, alma replegada sobre sí misma, cuerpo fatigado por el pensamiento. Luis me había hablado de una casa solitaria y tranquila en lo alto de la población de Aix, donde se recibía a los enfermos en calidad de huéspedes.

Esta casa, arrendada por un médico viejo, retirado, y por su mujer no se comunicaba con la población más que por un estrecho sendero que subía por entre los arroyuelos de manantiales cálidos. La parte posterior de la casa daba a un jardín circundado de arcos de emparrado. Más allá, prados en pendiente y bosques de castaños y nogales conducían a las montañas por terrenos alfombrados de musgo y truncados por quebradas y barrancos: era seguro no encontrar en ellos más que cabras. Luis habíame prometido venir a establecerse conmigo a Aix, tan pronto como hubiera puesto término a los negocios que, después de la muerte de su madre le retenían en Chambery. Su compañía debía serme agradable porque su alma y la mía se hallaban unidas por el sentimiento común hijo del desencanto. Sufrir los mismos dolores es bastante mejor que gozar los mismos placeres. El sufrimiento une dos corazones con vínculos mucho más fuertes que los de la dicha. Luis era en estos momentos el único ser cuya compañía no habría de serme enojosa. Le esperaba, pues, con impaciencia.

VIII

Yo fui recibido con agrado y amabilidad en la casa del médico. Me destinaron una habitación cuya ventana se abría sobre el jardín y la campiña. Casi todas las demás habitaciones estaban vacías. La larga mesa para los huéspedes se hallaba desierta. No se reunía en ella a la hora de la comida más gente que la de la casa y tres o cuatro enfermos rezagados de Chambery y de Turín. Estos enfermos iban a los baños después que los había abandonado la concurrencia para encontrar alojamientos menos caros y la posibilidad de una vida económica, en relación con sus escasos recursos.

No encontré allí con quien entretenerme ni contraer familiaridad alguna.

El médico y su mujer lo sentían y se excusaban quejándose de lo tardío de la estación o de la marcha prematura de los huéspedes. Solamente de una joven extranjera retenida en los baños por una languidez que se temía degenerase en una lenta consunción, hablaban con un entusiasmo visible y con un respeto tierno y compasivo. Ocupaba hacía ya algunos meses, en compañía de una doncella, el cuarto más retirado de la casa. Jamás bajaba a la sala. Comía en su cuarto, no se la veía sino a la ventana de su habitación que daba al jardín entre enredaderas de parra o en la escalera, cuando volvía de sus excursiones por la montaña, montada sobre un asno.

Me daba compasión esta pobre joven tan retirada como yo, sola en un país extranjero, enferma puesto que buscaba la salud, triste sin duda, toda vez que huía del bullicio y las miradas de la concurrencia. Sin embargo, no deseaba conocerla a pesar de la admiración que, a mi alrededor, se manifestaba por ella. El corazón deshecho, fatigado de todo género de afectos miserables y precarios, de los cuales ninguno, excepto el de mi pobre Antonina, había dejado una impresión verdadera, avergonzado y arrepentido de afectos insignificantes y desordenados, el alma seca y ulcerada por mis faltas y el disgusto de pasiones vulgares, tímido y reservado por carácter, no teniendo confianza en mí mismo, como algunos hombres que se encuentran siempre dispuestos a emprender relaciones y familiaridades aventuradas, yo ni soñé en ver ni en ser visto y menos aún en amar. Por el contrario, gozaba y me enorgullecía de ello, con haber logrado desterrar de mi corazón semejante puerilidad y con bastarme a mí solo para sufrir o sentir en este mundo. En cuanto a felicidad, ya no creía en ella.

IX

Pasaba los días en mi cuarto con algunos libros que mi amigo me enviaba desde Chambery. Después del medio día recorría sólo los sitios agrestes de las montañas que cierran el valle de Aix por el lado de la Italia. Volvía rendido de fatiga por la tarde y me sentaba a la mesa de comer. Entraba en mi cuarto, me asomaba a la ventana por espacio de dos horas enteras para contemplar el firmamento que atrae el alma del mismo modo que el abismo atrae al que lo busca como si tuviera algún secreto que revelarle. Yo me adormecía en este mar de pensamientos sin límite ni objeto. Me despertaba al salir el sol al murmullo de las cálidas fuentes para tomar mi baño y emprender después del desayuno las mismas excursiones y entregarme a las mismas melancolías de la víspera.

X

Algunas veces asomándome por la tarde a mi ventana, sobre el jardín, solía percibir otra ventana abierta iluminada por una luz a corta distancia de la mía. Una figura de mujer era la que, asomada como yo, separaba de su frente con la mano las largas trenzas de sus cabellos para mirar también el jardín iluminado por la luna, las montañas y el firmamento. Yo no distinguía a través de esta media luz más que un perfil correcto, pálido, transparente, al que servían de rico y lujoso marco las ondas negras de una cabellera lisa y pegada a las sienes. Esta figura se destacaba sobre el fondo luminoso de la ventana alumbrada por la lámpara del aposento. Me pareció haber oído el timbre de una voz de mujer que pronunciara algunas palabras o que diera alguna orden en su interior. El acento ligeramente extranjero aunque puro, la vibración un tanto febril, lánguida, dulce, pero prodigiosamente sonora de esta voz cuya alma conocía yo sin entender sus palabras, me había conmovido. Esta voz quedó en mi oído como un eco prolongado largo rato después de haber cerrado mi ventana. Yo no había oído jamás otra que se le pareciera, ni aun en Italia. Había resonado entre los dientes casi cerrados como esas pequeñas liras de metal que los niños de las islas del archipiélago hacen resonar en sus labios por la tarde a la orilla del mar. Era un tañido más bien que una voz. La había escuchado sin pensar que esta voz había de vibrar del mismo modo y para siempre durante mi vida.

XI

Un día por la tarde entrando en el jardín por una puertecilla cubierta de enredaderas, vi de cerca a la extranjera. Calentábase a los tibios rayos del sol sentada en un banco junto a una tapia que miraba al Poniente. No había oído el ruido de la puerta que yo había cerrado tras de mí. Se creía sola y pude contemplarla largo rato sin ser visto. No había entre ella y yo más distancia que unos veinte pasos y una cortina de emparrado desguarnecida de pámpanos por las primeras heladas.

La sombra de las últimas hojas de la parra luchaba sobre su cara con los rayos de sol que parecían detenidos aún allí tan sólo por ella. Su estatura aparecía mayor que la natural, como la de esas estatuas de mármol envueltas en largos ropajes cuya actitud se admira sin distinguir las formas. Éste era su traje, una especie de túnica suelta y desatada; los largos pliegues de un pañolón blanco ceñido al cuerpo no dejaban al descubierto más que sus manos; sus afilados dedos cruzados sobre sus rodillas hacían girar negligentemente uno de esos claveles rojos silvestres que florecen en las montañas bajo la nieve. Una parte de su pañuelo formando capuchón cubría la parte superior de su cabeza para resguardar sus cabellos de la humedad de la tarde. Inclinada con la cabeza caída sobre el hombro izquierdo, los párpados cerrados, la tez pálida y la fisonomía sumida en un pensamiento mudo, se asemejaba a una estatua de la muerte, pero de la muerte que eleva el alma al sentimiento de las angustias humanas y que la remonta a las regiones de la luz ante la visión de la verdadera vida.

El ruido de mis pasos sobre las hojas secas la hizo entreabrir los ojos. Ojos de color de mar claro o de lapislázuli con vetas negras, rasgados, entreabiertos y orlados por la naturaleza de esa faja oscura de negras y largas pestañas que las mujeres de Oriente hacen resaltar artificialmente para acentuar el brillo de la mirada, prestar energía a su languidez y un atractivo salvaje a la voluptuosidad. La mirada de sus ojos no era fácil apreciarla comparándola con alguna otra. El centelleo de las estrellas, a una distancia de millones de leguas a través de la oscuridad de la noche, pudiera tan sólo competir con la lejana intensidad de sus destellos. Su griega nariz se unía por una línea casi recta a una frente elevada y estrecha cual si una idea tenaz la comprimiera, sus labios delgados, ligeramente deprimidos en los dos ángulos de la boca por un pliegue habitual de tristeza, sus dientes de nácar más bien que de marfil, semejantes a los de las hijas de las húmedas riberas del mar y de las islas, la cara ovalada comenzaba a demacrarse hacia las sienes y por debajo de la boca: era la fisonomía de un pensamiento viviente más bien que la de un ser humano. Sobre esta expresión pensativa se extendía como un velo una indecisa languidez entre sufrimiento y pasión que no permitía se borrase la impresión de su vista.

En una palabra, era la aparición viva de una contagiosa enfermedad del alma bajo los rasgos de la belleza más delicada que haya podido jamás imaginar la fantasía de un hombre sensible.

La saludé con respeto, pasando rápidamente por delante de ella: mi circunspecta actitud y mi tímida mirada parecían pedirle perdón por haberla distraído involuntariamente. Un ligero color tiñó sus pálidas mejillas al aproximarme. Yo entré en mi cuarto tembloroso sin saber qué frío de la tarde me había sobrecogido. Algunos minutos después ella entró también en la casa dirigiendo una mirada indiferente hacia mi ventana. La volví a ver a las mismas horas los días siguientes, en el jardín o en el patio, sin haber pretendido nunca aproximarme La encontré algunas veces al pie de los chalets, conducida por niñas que aguijoneaban su asno y la cogían fresas; otras veces, en su barca en el lago. Yo no le hice otro signo de vecindad y de interés que un respetuoso y grave saludo; ella me correspondió con melancólica distracción y seguimos cada uno nuestro camino por el monte y por el lago...

XII

Sin embargo, la tristeza apoderábase de mí y hallábame desorientado cuando en mi paseo de la tarde no la encontraba. Bajaba al jardín maquinalmente y sin saber por qué. Permanecía allí a pesar del frío de la noche con los ojos fijos en su ventana. Érame doloroso retirarme antes de haber vislumbrado su sombra a través de las cortinas o de haber escuchado una nota de su piano u oído el extraño timbre de su voz.

XIII

La sala de la habitación en que ella pasaba la tarde tocaba con mi cuarto, sin más separación que una gruesa puerta de roble cerrada con dos cerrojos. Podía percibir, si bien confusamente, el ruido de sus pasos, el roce de sus vestidos, el volver de las hojas del libro con sus dedos. Y alguna vez me parecía oír su respiración.

Yo había colocado instintivamente la mesa sobre la cual escribía y ponía mi lámpara junto a esta puerta, porque me encontraba menos solo oyendo estas leves señales de vida cerca de mí. Me figuraba vivir a dúo con esta aparición que insensiblemente me embargaba durante todo el día. En una palabra, yo tenía inconscientemente todos los pensamientos, todos los transportes y todos los refinamientos de la pasión antes de haber sospechado siquiera que amaba. El amor no era en mí meramente un síntoma, una mirada, una declaración o un signo, contra el cual pudiera yo prevenirme, era como uno de esos miasmas invisibles de que se halla a veces saturada la atmósfera, que me rodeaba y me envolvía, en el aire, en la luz, en el tiempo que pasa, en la soledad de mi existencia, en la misteriosa atracción de esta otra existencia, al parecer, también sola, en esas largas excursiones que no me alejaban de ella sino para poseerme más y más del atractivo irreflexivo que me cautivaba, en sus blancos vestidos que divisaba a lo lejos a través de la arboleda en la montaña, en sus negros cabellos que la brisa del lago hacia ondular sobre los bordes de su batel, en sus pasos sobre la escalera, en la luz de su ventana, en el leve crujido del pavimento de madera bajo sus pisadas en su estancia, en el rozamiento de su pluma sobre el papel cuando escribía, en el silencio de esas largas tardes de otoño que ella pasaba leyendo, escribiendo o meditando a pocos pasos de mí, en la fascinación, en fin, de aquella belleza fantástica, que tanto había contemplado sin mirarla y que veía cerrando los ojos a través de las paredes cual si fueran transparentes.

Por lo demás, este sentimiento era completamente ajeno a toda intención indiscreta y a toda curiosidad por penetrar el secreto de su soledad a pesar del ligero obstáculo material que nos separaba.

¿Qué me importa, decía yo, esta mujer enferma moral o físicamente, que la casualidad me hace conocer en medio de estas montañas en un país extranjero? Yo me había sacudido, o al menos lo creía, el polvo de mis plantas: no quería ligarme a la vida por ningún lazo del alma ni de los sentidos y, sobre todo, por ninguna debilidad del corazón. Despreciaba profundamente el amor, porque no había conocido bajo este nombre más que sus inconstancias, sus ligerezas o profanaciones, excepción hecha del de Antonina, que no había sido otra cosa que un pueril arrobamiento, una flor caída de su tallo antes de abrirse.

XIV

Por otra parte, ¿quién era esta mujer? ¿Era un ser como yo, o uno de esos meteoros vivientes que cruzan el cielo de nuestra imaginación sin dejar más rastro que un deslumbramiento en la vista? ¿Era de mi patria o de lejano país, de alguna isla de Oriente o de los trópicos adonde no podría seguirla después de haberla adorado algunos días, para perderla y llorarla por siempre? ¿Y después de todo, su corazón era libre de responder al mío? ¿Era verosímil que tal belleza hubiera atravesado el mundo y llegado hasta la madurez de una juventud próxima a declinar sin haber encontrado en su camino alguno en que fijar su mirada? ¿Tenía padre, madre, hermanas o hermanos? ¿Sería casada? ¿No habría, quizá, en la tierra un mortal separado temporalmente de ella por circunstancias especiales, pero que vivía de su amor como podía vivir ella del suyo?

Yo me decía todo esto para alejar de mí la fascinación involuntaria, desesperante y, sin embargo, deliciosa que me martirizaba.

Desdeñaba toda indagación por mi parte. Juzgaba cosa indigna de mi estoicismo tratar de investigar lo desconocido. Encontraba más digno y quizá más dulce dejar vagar a mi espíritu.

XV

La familia del médico no tenía, sin embargo, las mismas razones que yo para respetar este secreto. La curiosidad natural en los huéspedes de estas casas frecuentadas por extranjeros, interpretaba a su placer, en la mesa, todas las circunstancias, todas las probabilidades, todos los datos, hasta los más insignificantes que podía recoger acerca de la joven extranjera. Sin interrogar y evadiendo, por mi parte, toda conversación sobre este asunto, supe algo de esta misteriosa existencia En vano trataba de cambiar de conversación, todos los días y a todas horas el asunto era siempre el mismo: hombres, mujeres, niños, jóvenes, bañeras, criados de la casa, guías de la montaña, bateleros del lago, todos habían sido cautivados por la presencia de aquel mudo y seductor fantasma. Era la idea fija, el tema, el entretenimiento, la comidilla y la admiración de cada uno. Hay seres que brillan, que subyugan, que lo atraen todo hacia su esfera de acción sin pensarlo, sin quererlo y aun sin saberlo. Diríase que ciertas naturalezas tienen un sistema como los astros, y que hacen gravitar a su alrededor las miradas, las almas y los pensamientos de sus satélites. La belleza física o moral es su fuerza, la fascinación su poderoso atractivo, el amor su emanación, se les sigue en la tierra y hasta al cielo adonde remontan su vuelo en la primavera de su vida; después que han desaparecido la mirada se desvanece y la vista queda como absorta. El vulgo mismo comprende la superioridad de estos seres yo no sé por qué señales, y los admira sin comprenderlos como los ciegos de nacimiento que sin haber visto el sol presienten la impresión de sus rayos.

XVI

Supe también que esta joven vivía en París: su marido era un anciano, ilustre en el último siglo por obras que habían formado época en la historia de los descubrimientos del espíritu humano, que había adoptado, pudiera decirse por hija, a esta jovencita cuya belleza y caracteres le habían enamorado, con el objeto de dejarle después de su muerte su nombre y sus bienes. Ella le amaba como a un padre y le escribía todos los días cartas que eran un diario de las impresiones de su alma. A los dos años se apoderó de ella una extremada languidez que alarmó a su marido. La aconsejaron el cambio de aires y los viajes al Mediodía; los achaques del anciano impedíanle acompañarla y la confió a una familia de Lausana, en cuya compañía recorrió la Suiza y la Italia. Por fin, no habiendo obtenido por este medio los resultados apetecidos, un médico de Ginebra, sospechando que fuese una enfermedad del corazón, la hizo venir a las aguas de Aix donde había de recogerla para conducirla de nuevo a París a principios del invierno.

Esto es todo cuanto entonces supe de esta existencia que me era ya demasiado querida, y cuyos detalles habíame obstinado en creer que no me interesaban. Esta mujer, enferma, de un mal que no consume la vida sino por sensaciones que avivan lenta, pero intensamente la llama que amenaza extinguirse, había concluido por conmoverme. Cuando la encontraba en la escalera reparaba en unas líneas apenas imperceptibles de sufrimiento marcadas en los ángulos de sus labios pálidos y alrededor de sus bellos ojos azules que revelaban el insomnio. Habíame interesado por sus encantos y llegó a interesarme aún más por esta sombra de muerte a través de la cual me imaginaba verla desaparecer. Esto fue todo. Nuestras vidas continuaron tan unidas por el espacio, como separadas por el misterio desde el principio.

XVII

Las primeras nieves comenzaban a blanquear las copas de los árboles en las altas cumbres de la Saboya y yo había renunciado a mis excursiones por las montañas. El calor suave y prolongado de fin de octubre habíase concentrado en lo más hondo del valle. El aire era tibio todavía en las orillas y en las aguas del lago. La larga calle de álamos, las refracciones del sol, el balance de los remos y los murmullos que se esparcían bajando de las cimas me encantaban. Pasaba en el agua algunas horas del día. Los bateleros me conocían; recordaban, decíanme, las navegaciones nada breves, que les obligaba a hacer a los golfos más alejados y a los puertos más difíciles de las dos riberas de Francia y de Saboya.

La joven extranjera se embarcaba también algunas veces, al mediodía, para excursiones menos largas. Los bateleros, encargados de conducirla, atentos al menor síntoma de frescura de nubes o de viento que pudieran aparecer en el cielo, tenían buen cuidado de prevenirla; preferían su salud y su vida al salario de un día perdido.

Una sola vez se equivocaron. Prometiéronla una travesía y un regreso fáciles para visitar las ruinas de la abadía de Haute-Combe, situada en la orilla opuesta. Habían apenas atravesado los dos tercios de su ruta, cuando una ráfaga de viento saliendo de las estrechas gargantas del valle del Ródano vino a picar el pequeño oleaje, cual una brisa que los marinos llaman *carabinda* y que muchas veces hace zozobrar las embarcaciones al doblar un cabo en la mar. La barquilla, hinchada su vela, y sostenida con dificultad por el equilibrio de dos remos extendidos, bailaba como una cáscara de nuez sobre las crecidas y revueltas olas. El regreso era imposible; faltaba más de media hora de fatiga y de zozobra para lograr ponerse al abrigo de las peñas de Haute-Combe. La fortuna o la desgracia que dirigía aquel día mi paseo por el lago, me había proporcionado una embarcación más resistente armada de cuatro vigorosos romeros. Iba a visitar, en una isla al extremo del lago, a un pariente de mi amigo de Chambery, llamado M. de Châtillon, que tenía su castillo sobre una roca en la parte más elevada de la isla. Nos encontrábamos ya a pocos golpes de remo del puerto de Châtillon, cuando mis ojos, que seguían maquinalmente la barquilla de la joven enferma, notaron el peligro que corría y la lucha que su embarcación sostenía contra la ráfaga de viento. Viramos de repente como movidos por un mismo resorte mis remeros y yo. Nos lanzamos en medio de la tempestad y del lago, en socorro del barco zozobrante que desaparecía a cada instante tras un horizonte de espuma. Larga y terrible fue mi ansiedad durante la hora que tardamos en atravesar el lago y llegar a reunirnos con la barca de la joven extranjera. En el momento de aproximarnos tocaba la arena de la playa.

Una temible ola la levantó a nuestra vista lanzándola sobre la arena y dejándola en salvo al pie de las ruinas de la abadía.

Lanzamos un grito de alegría y nos arrojamos al agua para llegar antes al barco y llevar a la orilla a la enferma. El pobre batelero, consternado, nos pedía socorro con ademanes y gritos angustiosos, señalando con la mano el fondo de su barca que nosotros no podíamos ver aún.

Al llegar vimos a la señora, que yacía desmayada en el fondo del barco, cubierto todo su cuerpo de agua helada y de espuma, dejando solamente el busto fuera del agua y con la cabeza como la de una muerta apoyada en el cajoncito de madera que sirve para guardar en la popa las redes y las provisiones de los bateleros. Sus cabellos flotaban alrededor del cuello y de los hombros como las alas de un cuervo medio sumergido en un estanque. Su semblante, cuyos colores no habían desaparecido por completo, tenía la calma del más plácido sueño. Su aspecto era el de esa sobrenatural hermosura que el último aliento deja impresa en el rostro de las jóvenes muertas, como el último destello de la vida que brilla en la frente del moribundo o bien como el primer crepúsculo de la inmortalidad que aparece en el semblante del que va a eternizarse en la memoria de los que le sobrevivan. No la había visto nunca ni la he vuelto a ver jamás tan transfigurada. ¿Era la muerte la única luz de aquel celestial semblante o quería Dios darme en aquella primera impresión el presentimiento de esa forma inmutable, bajo la cual estaba destinada aquella beldad a grabarse en mi memoria para que allí pudiera contemplarla e invocarla eternamente?

XVIII

Nos precipitamos en la barca para levantar a la moribunda de su lecho de espuma y llevarla al otro lado de las rocas.

Puse la mano en su corazón, como podría haberla puesto en un globo de mármol y acerqué el oído a sus labios, como lo hubiera acercado a los labios de un niño dormido. El corazón palpitaba regular, pero fuertemente; la respiración era perceptible y tibia, comprendí que no tenía más que un largo desmayo producido por el terror y por el frío del agua. Uno de los bateleros la cogió por los pies, yo la tomé por los hombros y la cabeza que descansaban en mi pecho; y en esta forma la llevamos sin que diera señales de vida hasta una casita de pescadores situada en la roca de Haute-Combe.

Los bateleros se albergaban en aquella choza cuando conducían curiosos a las minas: se componía de una sala baja, estrecha, oscura, ahumada y sin más muebles que una mesa llena de pan, queso y botellas. Una escalerilla de madera que partía del pie de la chimenea, conducía a lo alto en donde había un aposento bajo de techo, alumbrado por un tragaluz, sin cristales, que daba al lago. Todo el espacio estaba literalmente cubierto por tres camas que se cerraban con puertas de madera a modo de profundos armarios. Allí dormía la familia. La madre y las dos muchachas de la casa a quienes entregamos la joven desmayada, retirándonos por decoro fuera de la casa, la tendieron en un colchón cerca de la chimenea; encendieron un fuego suave de paja y retama, la desabrocharon, le quitaron los vestidos para secarlos, secaron sus miembros y sus cabellos que chorreaban agua y después la llevaron, aún desmayada, a una de las camas de la alcoba en que habían puesto sábanas limpias, calentadas con una de las piedras del hogar, según acostumbran aquellos montañeses. Trataron de hacerla tragar algunas gotas de vinagre o vino para volverla a la vida, pero les fue imposible. Al ver la inutilidad de sus cuidados y de sus esfuerzos, prorrumpieron en sollozos y en exclamaciones que nos llamaron de nuevo a la casa. «La señorita está muerta; no hay remedio para ella; no queda más que llorar y buscar al cura, exclamaban». Los bateleros, consternados, hacían lo mismo que sus mujeres y redoblaban su terror. Me lancé a la escalera, entré en la habitación y me incliné sobre el lecho; aún brillaba el crepúsculo en aquel semblante. Puse la mano en la frente que ardía: distinguí el movimiento débil pero regular de la respiración a cuyo compás subían y bajaban las toscas sábanas de cáñamo que cubrían su pecho: hice callar a las mujeres, y alargando un escudo a un muchacho le encargué que fuera a buscar a un médico.

Según me dijeron había uno a dos leguas de Haute-Combe en un pueblecillo situado en una de las mesetas del monte del Gato. Echó a correr el muchacho, se sentaron los demás alrededor de la mesa tranquilos con la certidumbre de que no había muerto la dama. Las mujeres iban y venían de la sala a la alcoba, de la cueva al gallinero, para preparar la cena. Yo me quedé sentado en un saco de harina de maíz al lado de la cama, cerca de los pies, con las manos cruzadas en las rodillas y los ojos fijos en el semblante inmóvil y en los párpados cerrados de la forastera.

Se había hecho noche. Una de las muchachas había cerrado la madera del tragaluz y había colgado en la pared una pequeña lámpara de cobre, cuyo resplandor caía sobre las ropas y sobre el dormido semblante de la enferma, como el de un cirio sobre un sudario. ¡Oh! ¡en la misma forma he velado después al lado de otros semblantes que el soplo de la vida no ha vuelto a reanimar!

XIX

Pocas veces se habrán abismado las miradas de un joven durante tan largo tiempo en tan extraña y tan profunda contemplación. Suspendido entre la muerte y el amor, no me era dado comprender si la angelical figura dormida ante mí era un dolor que aquella noche me preparaba en sus sombras o una eterna adoración que me reservaba la mañana al despertarla y darle vida. En los espasmos del sueño, que no eran lo bastante fuertes para reanimarla, se había destapado algún tanto y dejado al descubierto uno de sus hombros, sobre los cuales descansaban los cabellos formando negros y gruesos rizos. El cuello hundido en la almohada estaba plegado por el peso de la cabeza que caía hacia atrás un poco inclinada hacia la derecha. Se le había salido un brazo de entre las ropas pasándose por debajo del cuello y dejando ver tan sólo la desnudez de un codo de marfil que se destacaba del color gris de la tosca camisa que le habían puesto las mujeres de la casa. En uno de los dedos, casi ocultos entre los cabellos, se veía brillar una sortija de oro con un medalloncito de rubíes que reflejaban la luz de la alcoba.

Las muchachas de la casa se habían acostado sin desnudarse en el suelo; la madre descansaba en una silla de madera con las manos y la cabeza apoyadas en el respaldo. Cuando el gallo cantó en el corral, salieron las mujeres con sus zuecos en la mano y bajaron silenciosamente la escalera para ir a su trabajo. Me quedé solo.

XX

Empezaba a filtrarse por las rendijas de las hojas del tragaluz la primera claridad del crepúsculo: las abrí con la esperanza de que el aire matinal, penetrante y balsámico del lago y quizá también el primer rayo de sol ejercerían en aquella vida, que yo hubiera querido ya reanimar aun a costa de la mía propia, la misma influencia que ejercían en toda la naturaleza. Pero no se notó el menor movimiento en la cama. Oí a las pobres mujeres que oraban abajo, antes de dar comienzo a sus tareas ordinarias: la idea de orar acudió también a mi mente, como no puede menos de acudir a todo aquel que se encuentra ya sin fuerzas y que necesita que una fuerza misteriosa y sobrehumana venga a agregarse a la impotente tensión de sus deseos. Me puse de rodillas en el suelo, cruzadas y apoyadas las manos en el borde de la cama, fija la vista en el semblante de la joven. Oré largo tiempo y con fervor hasta verter lágrimas que concluyeron por inundar mis ojos y ocultarme el semblante que a Dios pedía que reanimara. Tan absorta estaba mi alma en una sola sensación y en una sola voluntad, que no sé cuantas horas hubiera pasado así sin notar que el tiempo pasaba y sin sentir el dolor de mis rodillas apoyadas en el duro suelo. De repente, al llevar maquinalmente la mano a los ojos para enjugarlos, sentí una mano que tocaba la mía y que volvía a caer dulcemente sobre mi cabeza como para apartar mis cabellos, descubrir mi semblante y bendecirme.

—Lancé un grito, miré, vi que los ojos de la enferma se abrían, vi su boca que respiraba y sonreía, vi un brazo tendido hacia mí para coger mi mano y oí estas palabras: «¡Gracias, Dios mío! ¡tengo un hermano!».

XXI

El fresco de la mañana la había vuelto a la vida en tanto que yo oraba con la cara oculta entre mis cabellos y mis lágrimas al lado de su cama. Había tenido tiempo para juzgar del ardor de mi compasión por el fervor de mi oración y la reflexión bastante para conocerme a la luz de los primeros rayos del sol que entraban en el aposento. Desmayada en el aislamiento y la indiferencia, despertaba rodeada de los cuidados de un piadoso desconocido. Privada de todo parentesco del alma en la flor descuidada de su vida, hallaba de repente a su lado la figura, la actitud, los cuidados, las oraciones y las lágrimas de un joven: al recobrar, con la sensación de la vida, el sentimiento de esta inesperada felicidad la palabra «hermano» había salido insensiblemente de sus labios.

«Un hermano ¡no, señora!, repliqué tomando la mano que tendía hacia mí y apartándola respetuosamente de mi frente, como si no me hubiera juzgado digno de su contacto; un hermano, no; un esclavo, una sombra viviente de vuestros pasos, que no pide más que el derecho de acordarse de esta noche, y de conservar eternamente la imagen de una aparición que está dispuesto a seguir hasta la muerte y que es la única capaz de hacerle soportable la vida!».

A medida que salían de mis labios estas palabras temblorosas, premiosas y a media voz, las tintas rosáceas de la vida subían a sus mejillas y una triste sonrisa se dibujaba en su boca como una obstinada incredulidad en la dicha, sus ojos alzados al cielo de la cama parecían escuchar con la mirada palabras que respondían a un pensamiento. No se concibe transición tan rápida y tan visible de la muerte a la vida y de un sueño a la realidad. Admiración, languidez, embriaguez, reposo, melancolía y contento, timidez y abandono, gracia y reserva, todo se dibujó a la vez en aquellas facciones refrescadas por la vida y coloradas por la juventud. Su resplandor alumbraba la sombría alcoba casi tanto como la luz de la mañana. En aquel semblante y en aquel silencio se contenían más ideas, más revelaciones, más confidencias, más infinito que en millones de palabras. El rostro humano es una lengua que comprenden los ojos; la fisonomía en la juventud es un teclado que la pasión recorre de una ojeada; por ella se transmiten de un alma a otra misterios de mucha intimidad que no tienen traducción en ninguna lengua humana. Mi fisonomía debía revelar también un amigo a la mirada que reposaba con tanta avidez en mis facciones. Mis ropas húmedas todavía, los negros rizos de sus largos cabellos enredados por mis manos en la intranquilidad de la noche, mi cuello con la corbata suelta y deshecha, mis ojos hundidos, el color pálido de emoción y de insomnio, el entusiasmo casi religioso que me hacía inclinar ante aquella mujer que sufría, la inquietud, la alegría, la sorpresa, la débil claridad de aquel aposento desnudo en medio del cual yo permanecía en pie sin atreverme a dar un paso como si temiera que se desvaneciera el encanto, los primeros rayos del sol que entraban por el tragaluz deslumbrándome y haciendo brillar las gotas de mis lágrimas mal enjugadas, todo debía dar a mi semblante un poder de expresión y una transparencia de pasión que no podría volver a revestir segunda vez en el curso de una larga vida.

XXII

No pudiendo soportar el efecto de estas emociones y el escalofrío interior de este silencio, llamé a las mujeres. Subieron en seguida; lanzaron mil exclamaciones de sorpresa al ver aquella resurrección que les parecía un milagro. En aquel mismo momento llegó el médico que había llamado el día anterior. Recomendó el reposo y algunas infusiones de plantas de aquellas montañas que calman los movimientos del corazón. Tranquilizó a todo el mundo diciendo que aquella enfermedad propia de los juveniles años en la mujer desaparecía frecuentemente con los años; que no era más que un exceso de sensibilidad que daba al exceso de vida la apariencia de la muerte, pero que nunca llegaba a serlo realmente a menos que las penas interiores no viniesen a prestarle un fundamento moral transformándola en melancolía habitual y en incurable dificultad de vivir. En tanto que las muchachas buscaban en los prados las yerbas indicadas por el médico y se arreglaban en la sala baja las ropas mojadas de la enferma salí de la casa y fui a recorrer solo las ruinas de la antigua abadía.

XXIII

Pero estaba demasiado lleno mi corazón de mis propias impresiones para que pudieran interesarme aquellos muertos. El ascetismo y el entusiasmo de los primeros monasterios se habían convertido con el tiempo en una profesión: multitud de vidas extrañas sin lazos entre sus hermanos y sin utilidad para el mundo se habían evaporado en aquellos claustros no dejando ni señales ni dolores en sus tumbas. Lo que únicamente me admiró fue el ver la prontitud con que la naturaleza se apodera de los espacios vacíos y de las viviendas abandonadas por el hombre y la inmensa superioridad de su arquitectura viviente de arbustos cuyas raíces se enroscaban en los desquiciados sillares de espinos, de hiedras flotantes, de alhelíes suspendidos y de plantas trepadoras que cubren con un espeso follaje las grietas de las paredes sobre la fría simetría de las piedras y la muda decoración de los monumentos trazados por el cincel humano. Aquellas columnas resquebrajadas, aquellas naves desmanteladas y aquellas bóvedas rasgadas de la vieja iglesia y de la abadía, en otros tiempos iluminadas por el amarillo resplandor de los cirios, saturadas del vapor del incienso y en las cuales repercutía el eco incesante de los monótonos cantos del coro en las ceremonias y en las procesiones de día y de noche, a la sazón estaban inundadas de sol, de perfumes, de vagos murmullos de santas salmodias entonadas por los vientos, las aguas, los pájaros y los mil ecos sonoros del lago y de las selvas. La naturaleza es el gran sacerdote, el gran arquitecto, el gran poeta sagrado y el gran músico de la divinidad. El nido de golondrinas en que los pequeñuelos esperan y saludan a los padres bajo la cornisa derruida de un antiguo templo, los suspiros del viento y del mar que parece como que conducen al desmantelado claustro, las sacudidas del velacho, los gemidos de las olas, las últimas notas de los cantos de los pescadores, las emanaciones embalsamadas que atraviesan a intervalos la gran nave, las flores que se deshojan poblando de pétalos las tumbas, el movimiento de las verdes colgaduras que tapizan las paredes, el eco sonoro y repercutido de los pasos del curioso que visita los subterráneos en que descansan los muertos; en todo hay tanta unción, tanto recogimiento, tan infinito número de impresiones como en el monasterio viviente, en todo su sagrado esplendor de otros tiempos. Se nota allí en verdad la falta de unos cuantos hombres con sus miserables pasiones empequeñecidas por el estrecho recinto en que las habían confinado que no sepultado; pero en cambio existe allí Dios, en parte alguna tan visible y tan sensible como en la naturaleza, Dios cuyo esplendor sin sombra parece que vuelve a penetrar en aquellas tumbas del espíritu humano con los rayos de sol y con la vista del firmamento que ya no pueden interceptar las bóvedas.

XXIV

En aquel momento no era lo bastante dueño de mis pensamientos para darme cuenta a mí mismo de estas vagas reflexiones. Me hallaba en la situación de un hombre a quien acaban de librar de una pesada carga y que respira con toda la fuerza de sus pulmones, distendiendo sus músculos contraídos y yendo de acá para allá como si fuera a devorar el espacio y a aspirar en sus pulmones todo el aire del cielo. Esta carga que acababa de sacudir era mi propio corazón. Al enajenarle me parecía haber conquistado por vez primera la plenitud de la vida. La tendencia del hombre al amor es tal, que no se cree verdaderamente hombre hasta el día en que tiene la conciencia de amar con toda su alma. Hasta ese día busca, se inquieta, se agita y vaga alrededor de sus pensamientos; desde ese día se para, descansa como quien ha llegado al fondo de un destino.

Me senté en un saliente cubierto de hiedra de una casa que dominaba el lago, con las piernas colgando sobre el abismo, la vista vagando por la inmensidad luminosa de las aguas que se confundían con la luminosa inmensidad del cielo. Tan confundidas estaban las dos azuladas superficies que me hubiera sido imposible precisar el punto en que el lago concluía y principiaba el cielo. Me parecía que yo mismo bogaba en el puro éter y me abismaba en el ancho océano. Pero la alegría interior en que yo nadaba era mil veces más infinita, más luminosa y más inconmensurable que la atmósfera con la cual me confundía. Imposible me hubiera sido explicarme a mí mismo este gozo o más bien esta serenidad interior. Era a modo de un secreto sin fondo que se hubiera revelado en mí por sensaciones y no por palabras, una cosa en cierta manera semejante a esa impresión que experimenta la vista al entrar en la luz después de las tinieblas o un alma mística al entrar en la posesión de Dios. Era aquello un resplandor, un desvanecimiento, una embriaguez, un vértigo, una paz sin postración y una inmovilidad. En aquel estado hubiera podido vivir tantos miles de años como olas rompía el lago en la arena de su playa, sin notar haber vivido más segundos que los invertidos en una de mis respiraciones. Tal debe ser para los espíritus inmortales del cielo, la cesación del sentimiento de la duración del tiempo: ¡un pensamiento inmutable en la eternidad de un momento!...

XXV

Era esta una sensación vaga, indeterminada, indefinida, era demasiado completa para ser susceptible de medida, demasiado una para ser divisible por el pensamiento, ni aun analizable por la reflexión. No era producida por la belleza de la criatura que adoraba, porque la sombra de la muerte la interceptaba aún a mi vista, ni el orgullo de ser mi amor correspondido, porque yo ignoraba si era para ella otra cosa que un sueño de la mañana; ni la esperanza de la posesión de sus encantos, porque mi respeto estaba demasiado por encima de estas viles satisfacciones de los sentidos para que permitiera rebajarse a tal punto; ni un pensamiento de la vanidad satisfecha de una conquista que ostentar, porque mi alma está fuera del alcance de esta fría vanidad y además en aquel desierto no había nadie ante quien pudiera profanar mi amor descubriéndolo; ni la esperanza de encadenar el destino de aquella mujer al mío, porque me constaba que pertenecía a otro; ni la seguridad de verla y la felicidad de seguirla, porque yo tampoco era libre, y el destino debía separarnos dentro de pocos días, ni finalmente la certeza de ser correspondido porque yo no conocía de su corazón más que el ademán y la frase de gratitud que me había dirigido.

XXVI

Era otra cosa, era un sentimiento desinteresado, puro, tranquilo, inmaterial, la tranquilidad de haber hallado al fin el objeto, siempre perseguido y jamás encontrado de esa penosa adoración sin ídolo, de ese culto vago e inquieto sin divinidad a quien otorgarlo, que atormenta el alma hasta que hemos entrevisto el objeto y nuestra alma se ha identificado con él, como el hierro con el imán y con él se ha confundido y compenetrado como el soplo de la respiración en las ondas del aire respirable.

¡Y cosa extraña! no tenía prisa para volver a verla, oír su voz, estar cerca y departir en libertar con la que había ya llegado a ser todo mi pensamiento y toda mi vida. La había visto y la llevaba en mí; de allí en adelante nadie podría arrancar de mi alma esta posesión, de cerca o de lejos, presente o ausente, la contenía en mí mismo, todo lo demás me era indiferente. El amor completo es paciente, porque es absoluto y tiene la conciencia de su eternidad. Para arrancármele habría que arrancarme el corazón. Aquella imagen me pertenecía ya tan íntimamente como la luz pertenece a los ojos una vez que los ha penetrado, como el aire es del pulmón una vez respirado, como el pensamiento es del alma una vez concebido. Ya podía venir el universo entero a arrebatarme esta satisfacción de mis deseos; sería en balde. La había visto y era lo bastante; para la contemplación ver es gozar. Poco me importaba que me amara o que pasara ante mí sin notarme: su esplendor me había herido, sus rayos me envolvían y ella no podía retirarlos de mí de la misma manera que el sol no puede recoger aquellos con que una vez ha inundado la naturaleza. Sentía que el frío y la noche habían desaparecido de mi corazón, aunque hubiera de vivir mil años, porque su imagen le iluminaría siempre como le iluminaba en aquel momento.

XXVII

Esta convicción daba a mi amor la seguridad de lo inmutable, la serenidad de la certidumbre, la plenitud de lo infinito, la embriaguez de una alegría inextinguible. Dejaba pasar las horas sin contar, seguro como estaba de tener ante mí las horas sin fin, durante las cuales aquella imagen permanecería inalterable en mi interior. Podía separarme por espacio de un siglo de aquel ser, sin que disminuyera en un solo día la eternidad de mi amor. Iba y venía, me sentaba y me levantaba, corría y me paraba, marchaba sin palpar la tierra con mis pies, como esos fantasmas que se alzan de la tierra sin esfuerzo alguno, sin más que la impalpabilidad de su naturaleza y que paran en el suelo sin marcar en él sus pasos. Abría los brazos al aire, al lago, a la luz como si quisiera abrazar a la naturaleza y manifestarle mi gratitud por haberse encarnado y animado para mí en un ser que reunía a mis ojos todos sus misterios, toda su bondad, toda su vida, ¡toda su fantasía! Caía de rodillas sobre las piedras o sobre las zarzas de las ruinas sin sentirlas y al borde de los precipicios sin verlos. Lanzaba gritos inarticulados que se confundían con el ruido de las olas: dirigía prolongadas y profundas miradas al firmamento como para descubrir al mismo Dios y asociarle por el himno de mi gratitud al éxtasis de mi felicidad. Yo no era un hombre; era un himno viviente, que gritaba, cantaba, oraba, invocaba, agradecía, adoraba, se desbordaba, en fin, en efusiones sin palabras; un corazón ebrio, un alma loca que agitaba y paseaba al borde de los abismos un cuerpo que había perdido la noción de su materialidad, que no creía ni en el tiempo, ni en el espacio, ni en la muerte. ¡Hasta tal punto me proporcionaba la vida del amor que acababa de brotar en mí, el sentimiento, el goce anticipado y la plenitud de la inmortalidad!

XXVIII

Así transcurrió insensiblemente el tiempo, hasta que la escasa sombra de los murallones derruidos me hizo advertir que era ya mediado el día. Bajé saltando por medio del bosque, de roca en roca, de uno en otro tronco de árbol. El corazón parecía que se me quería saltar del pecho. Al aproximarme a la casucha vi en un prado que a sus espaldas se extendía en pendiente a la joven enferma sentada al sol al pie de una tapia, en unos corchos que habían preparado los habitantes de aquel desierto. Su blanco vestido brillaba al sol sobre el césped del prado: la sombra de una pila de heno la preservaba de los rayos del sol.

Leía un librito que tenía abierto en las rodillas y de cuando en cuando, se distraía de su lectura jugando con los chicuelos que le traían flores y castañas.

Al verme quiso levantarse como para venir a mi encuentro, ademán que me bastó para decidirme a acercarme. Me recibió sonrojada y con labios temblorosos, lo cual no me pasó inadvertido y aumentó mi natural timidez. Lo extraño de mi natural situación nos tenía a los dos tan cortados, que estuvimos largo tiempo sin tener nada que decirnos. Al fin me hizo un ademán mal marcado y apenas inteligible, invitándome a tomar asiento, no lejos de sí. Me pareció notar que me esperaba y que me había reservado el sitio. Me senté respetuosamente a cierta distancia. Continuaba el silencio; ambos buscábamos, visiblemente, sin poder dar con ellas, esas frases insustanciales que se cambian a modo de moneda falsa de la conversación y que más que para revelar sirven para ocultar los pensamientos, el miedo de excedernos o de quedarnos demasiado cortos, retenía nuestra alma en los labios.

Continuamos sin articular palabra, y el silencio hacía cada

vez más embarazosa nuestra situación. Por fin, habiendo ambos levantado los ojos al mismo tiempo y habiéndose encontrado nuestras miradas en su foco respectivo, vi tales abismos de sensibilidad en la suya que ni ella pudo apartar la vista de mí, ni yo de ella: las lágrimas se nos agolparon a la vez a los ojos y llevamos a ellos instintivamente las manos como para encubrir nuestros pensamientos.

No sé cuántos minutos permanecimos así: por fin, aunque con temblorosa voz y con acento un tanto esforzado e impaciente, me dijo: «¿Habéis vertido lágrimas por mí, os he llamado mi hermano, me habéis adoptado por hermana y no nos atrevemos a hablarnos?... ¡Una lágrima! –añadió– una lágrima desinteresada, de un corazón desconocido, vale más que mi vida, ¡más que todo lo que mi vida ha podido dar de sí!».

Y después con una ligera inflexión de amargura repuso: «¿Es decir que desde que no necesito de vuestros cuidados he vuelto a ser para vos una persona extraña? ¡Oh! por lo que a mí hace –continuó diciendo con un tono marcado de resolución y de seguridad–, no os conozco más que de nombre y de fisonomía, pero vuestra alma me consta: ¡un siglo no me podría enseñar nada que ya no supiera!».

—Y yo, señora –dije balbuceando– quisiera no saber nunca nada de todo lo que os constituye en un ser viviente de nuestra vida, ligado por los mismos lazos que nosotros a este mundo miserable: una sola cosa me basta, a saber: ¡qué vos lo habéis atravesado, que me ha sido dado miraros de lejos y acordarme eternamente!

—¡Oh! no os engañéis así –replicó– no veáis en mí una ilusión divinizada, ¡sufriría horriblemente el día en que esta quimera llegara a desvanecerse! No veáis en mi sino lo que soy, una pobre mujer que muere en el desaliento y en la soledad de su agonía y que al abandonar la tierra no llevará consigo más que una sola cosa que pueda calificarse de divina, un poco de compasión. Cuando sepáis quién soy lo veréis bien claro –añadió– pero antes decirme una sola cosa que me inquieta desde el día en que os vi en el jardín. ¿Por qué estáis tan solo y tan triste, siendo tan joven y pareciendo tan bueno? ¿Por qué os alejáis siempre de la presencia y de la compañía de los huéspedes de la casa, errando por los sitios poco frecuentados de la montaña y del lago o encerrándoos en vuestro aposento? Según dicen, vuestra luz no se apaga hasta bien avanzada la noche. ¿Tenéis algún secreto en el corazón, que no confiáis más que a la soledad?

Con visible ansiedad esperaba mi respuesta.

—Este secreto –dije– consiste en no tener ninguno; en sentir el peso de un corazón al cual ningún entusiasmo ha conmovido hasta este momento; en haberme visto obligado después de haber tratado mil veces de entregar mi corazón a sentimientos incompletos, a recogerle con amargura o repugnancia que me han desanimado de amar para siempre, ¡a pesar de ser tan joven y tan sensible!

Y entonces le conté, como hubiera podido hacerlo en presencia de Dios y sin ocultar nada, todo lo que podía interesarle de mi vida; mi nacimiento en una condición modesta y pobre; mi padre, militar chapado a la antigua; mi madre, mujer de exquisita sensibilidad, desde su juventud dedicada al cultivo de las bellas letras; mis hermanitas, niñas sencillas, llenas de angelical piedad; mi educación en el seno de la naturaleza y rodeado de mis paisanos los montañeses; mis estudios fáciles y apasionados; mi holgazanería forzada; mis viajes; la primera emoción de mi corazón al lado de la hija del pescador de Nápoles; mis malas compañías a mi vuelta a París; las ligerezas, los desórdenes, la vergüenza de mí mismo a que aquellas amistades me habían conducido; mi entusiasmo por la carrera militar apagado por la paz en el momento en que ingresaba en el ejército; mi salida del regimiento, mis pasos sin objeto; mi vuelta sin esperanza a la casa paterna, las melancolías que me devoraban, el deseo de la muerte; la desilusión de todo, la languidez física, en fin, producto de la lasitud del alma y que bajo la falsa apariencia de un joven de veinticuatro años, denunciaba en mi la precoz ancianidad del alma y el hastío de las cosas del mundo, propio de un hombre maduro y cargado de años.

XXIX

Al insistir sobre esta aridez, sobre estos disgustos y estos desalientos de mi vida, gozaba yo interiormente, porque ya no los sentía. Una sola mirada me había renovado por completo: hablaba de mí como de un ser muerto; un hombre nuevo empezaba a vivir en mí.

Cuando concluí alcé hacia ella los ojos como hubiera podido alzarlos hacia el juez. Estaba tembloroso y pálido de emoción.

—¡Dios mío! –exclamó–, ¡lo que me habéis hecho sufrir!

—¿Y por qué? –repliqué yo.

—¡Porque si no hubierais sido tan desgraciado ni hubierais estado tan aislado en el mundo, habría una armonía de menos entre nosotros: no hubierais vos sentido la necesidad de compadecer a alguien y yo hubiera abandonado esta vida sin llegar a entrever la sombra de mi alma fuera del espejo en que se refleja una fría imagen!...

La historia de vuestra vida –continuó diciendo– cambiando el nombre y las circunstancias es la historia de mi propia vida. Sólo que la vuestra comienza, y la mía...

—No la dejé acabar.

—No, no –exclamé sordamente, cayendo a sus pies y estrechándolos convulsivamente entre mis brazos como para impedirlos alzarse de la tierra–; no, no, no concluirá, y si concluye, lo conozco, ¡no concluirá sola!...

Me asusté de lo que acababa de hacer, así como de haber pronunciado las palabras que involuntariamente se habían escapado de mis labios; ni me atreví a alzar la vista del sitio de donde ella acababa de retirar sus pies.

—Levantaos –dijo con voz grave, pero no indignada–: no adoréis un polvo mil veces más deleznable que ese en que mancháis vuestros hermosos cabellos y que más rápida y más impalpablemente aun que él ha de ser arrastrado por los primeros vientos del otoño. No os forjéis ilusiones sobre la pobre criatura que tenéis delante y que no es en realidad más que la sombra de la juventud, la sombra de la belleza, la sombra del amor que un día habréis de sentir e inspirar, cuando el tiempo haya borrado esta imagen de vuestra memoria. Guardad vuestro corazón para aquellas que están llamadas a vivir; a mí no me deja sino lo que se da a los moribundos, una mano amiga para sostenerlos en el último trance de la vida ¡y una lágrima para llorarlos!...

XXX

El acento grave, reposado y resignado con que pronunció estas palabras, me hizo temblar hasta la médula de los huesos. No obstante, al alzar a ella los ojos y al ver las tintas rojizas del sol poniente e iluminando aquel semblante en que la juventud de las facciones y la serenidad de la expresión resplandecían cada vez más a medida que el día avanzaba, como si un nuevo sol se hubiera alzado en su corazón, no pude creer que aquellos síntomas de exuberante vida ocultaran realmente la muerte. Por lo demás ¿qué me importaba? Si aquella angelical aparición era la muerte... quiere decir que lo que yo adoraba era la muerte. ¡Quién sabe si sólo en la muerte cabía aquel amor inmenso y completo que inundaba todo mi ser! ¡Quién sabe si Dios no me dejaba ver un destello de aquel amor que en breve había de extinguirse en la tierra tan sólo para obligarme a perseguirle hasta la tumba y hasta el cielo!

—Dejaos de esos sueños y oídme.

Estas palabras fueron pronunciadas no con el acento de una amante que se esfuerza por dar una inflexión seria a su voz, sino con el tono de una madre joven aún, que se dirige a su hijo, o de una hermana que trata de hacer entrar en razón a un hermano menor.

—No quiero que os aferréis a una vana esperanza, a una ilusión, a un sueño: quiero que sepáis a quién entregáis tan temerariamente un corazón que yo no podría retener más que engañándoos. La mentira me ha parecido siempre tan odiosa y tan imposible, que aun a la suprema felicidad del cielo renunciaría, si para entrar hubiera que engañar al cielo. Para mí la felicidad detentada no sería la felicidad; sería el remordimiento.

Al decir estas palabras, brillaba en sus labios un candor tan majestuoso, una sinceridad tal en el acento, tal placidez en la mirada, que bajo aquella forma pura, sentada frente al sol, creí ver la inmortal verdad ofreciendo su voz a los oídos, su mirada a los ojos y su alma al corazón. Me recliné a sus pies, puesto de codos en el suelo, con la cabeza apoyada en la mano derecha, fijos los ojos en sus labios con ánimo de no perder ni una inflexión, ni un movimiento, ni un suspiro.

XXXI

—Nací –dijo– al otro lado de los mares, como Virginia, porque la imaginación del poeta ha situado la patria de su creación en una de las islas de los trópicos. Podéis juzgarlo por el color de mis cabellos, por mi tez más pálida que la de las mujeres de Europa, por el acento especial que no he podido nunca perder, y no lo siento porque es el único recuerdo que conservo del país de mi infancia: este acento me trae a la memoria un no sé qué de lastimero, que se levanta de las brisas del mar y que vaga por entre los cocoteros en aquella abrasada atmósfera. Podéis juzgarlo, sobre todo, por esta incorregible indolencia de mis actitudes y de mi andar, que no tiene nada de la vivacidad de las francesas y que revela en la naturaleza de las criollas un abandono y una manera de ser un tanto salvaje, que las hace incapaces de fingir ni ocultar nada.

—El nombre de mi familia es ***, y Julia es el mío. Mi madre pereció en el naufragio de una chalupa, huyendo de Santo Domingo, en la época del degüello de los blancos. Yo fui arrojada por las olas a la orilla. Allí me recogió y me dio el pecho una negra, que me entregó a mi padre algunos años después. Mi padre, despojado de todo lo que poseía, proscrito y enfermo, me trajo a Francia a la edad de seis años con una hermana mayor y murió poco tiempo después en casa de unos pobres parientes de Bretaña que nos habían acogido. Allí me eduqué hasta que murió la segunda madre que me había dado el destierro. A los doce años el Gobierno se encargó de atender a mi subsistencia en calidad de huérfana de un criollo que había prestado servicios a su patria. Fui educada con todo el esplendor del lujo y rodeada de toda la distinguida sociedad de estos suntuosos establecimientos en que el Estado recoge a las hijas de los ciudadanos muertos en el servicio del país. Allí crecí en edad, en talentos precoces y también, según decían, en lo que entonces llamaban mi belleza, que no era propiamente tal, que no era más que la gracia triste y seria de una flor de los trópicos que se abre por algunos días en extranjero suelo.

—No obstante, aquella belleza y aquellos inútiles talentos a nadie deleitaban, ningún afecto suscitaban fuera del recinto en que estaba encerrada. Mis compañeras, con las cuales había trabado esas amistades de la infancia que llegan a ser como parentescos del corazón, iban saliendo una a una para volver con sus madres o para seguir a sus maridos. A mí no me reclamaba ninguna madre, ningún pariente venía a visitarme, ningún joven oía hablar de mí en sociedad ni me pedía en matrimonio. Aquellas sucesivas salidas de mis amigas me afectaban profundamente: aquel abandono del mundo entero, aquella viudez eterna del corazón, sin haber llegado a ser amada, me entristecían cada día más. Muchas veces lloraba en secreto y maldecía interiormente de la negra que no me había dejado perecer en las olas de mi primera patria, menos crueles para mí que las del mundo a que me había traído mi suerte.

—Un hombre célebre, y ya entrado en años, iba de cuando en cuando, en nombre del emperador a visitar la casa de educación nacional y a informarse de los progresos que hacían las educandas en las ciencias y en las artes, que cursaban con los primeros maestros de la capital. Me presentaban siempre a él como el modelo más perfecto de la educación que recibían las huérfanas. Hacía años que me trataba con una predilección especialísima.

—¡Cuánto siento –decía muchas veces en voz bastante alta para que yo pudiese oírlo–, cuánto siento no tener un hijo!

—Un día me llamaron al salón de la superiora donde me esperaba el ilustre anciano que en aquel momento parecía tan intimidado como yo.

—Señorita –me dijo por fin–, los años pasan para todo el mundo, lentos para vos, rápidos para mí. Tenéis diecisiete años; dentro de algunos meses llegaréis a la edad en que debéis abandonar esta casa; pero no hay quien os reciba en el mundo: no tenéis patria, no tenéis casa paterna, no tenéis bienes ni parientes en Francia. La tierra en que visteis la luz está en poder de los negros. Esta carencia de toda existencia independiente y de toda protección hace tiempo que me hace pensar en vos con tristeza. La vida de una joven que libra su subsistencia en el trabajo, está llena de peligros y de sinsabores: los asilos aceptados en casa de los amigos son precarios y humillantes para la dignidad. La extremada belleza de que os ha dotado la naturaleza es un resplandor que denuncia la oscuridad y que atrae al vicio como el brillo del oro atrae al ladrón. ¿Dónde pensáis guarneceros de estas tristezas y de estos peligros de la vida?

—No lo sé –respondí– y hace ya tiempo que no veo salvación posible para mi destino más que en la muerte o en un milagro de Dios.

—¡Oh! –replicó con una sonrisa triste e indecisa–, otra salvación hay en que yo he pensado, pero que apenas si me atrevo a proponeros.

—Decid, señor –respondí– hace tanto tiempo que me miráis como pudiera hacerlo un padre, que obedeciéndoos creería obedecerme a mí misma.

—¡Un padre! –replicó– ¡oh, feliz mil veces aquel que hubiera tenido una hija como vos! Perdonadme si me he atrevido a concebir semejante sueño. Oídme –me dijo entonces con voz más grave y más tierna–, y respondedme con toda la libertad y con toda la reflexión de vuestro corazón.

—Me encuentro en los últimos años de mi vida: mi tumba no puede tardar mucho en abrirse, no tengo parientes a quien dejar mi única herencia, la ilustración de mi nombre y la poca fortuna que he adquirido con mi trabajo. Hasta aquí he vivido absorto tan sólo en los estudios que han gastado e ilustrado mi existencia. Llego al fin de la vida y echo de ver con dolor que no he principiado a vivir pues que no he pensado en amar. Es demasiado tarde ya para volver sobre mis pasos y volver a emprender el camino de la felicidad en vez del camino de la gloria que por mi desgracia escogí; y no obstante, no quisiera morir sin dejar, después de mí, en una memoria esa prolongación de nuestra existencia en la existencia de otro, a que se da el nombre de sentimiento, única inmortalidad en que yo creo. Este sentimiento no puede ser ya más que un poco de gratitud: me imagino que de vos es de quien podría obtenerlo. Pero para esto sería preciso que tuvierais el valor de aceptar a los ojos del mundo y para el mundo tan sólo el nombre, la mano y la compañía de un viejo que no sería para vos más que un padre con nombre de esposo y que no esperaría obtener de este nombre más que el derecho de recibiros en su casa y de cuidaros como a una hija.

—Calló el anciano y se retiró, negándose a recibir aquel mismo día una contestación que estaba ya en mis labios. Era el único hombre entre los que frecuentaban la casa que me había mostrado un sentimiento distinto de esa admiración vulgar y casi insolente que se traduce en miradas y exclamaciones, y que tanto puede ser un homenaje como una ofensa a la inocencia y a la timidez. Yo no conocía el amor, yo no sentía en mí sino el vacío inmenso que produce la ausencia de todo lazo de familia y me era grato el hallarle al lado de un hombre que tan generosamente me había adoptado. Se me ofrecía un asilo honrado y seguro contra la incertidumbre de la existencia a que me iba a lanzar dentro de pocos meses, un nombre que irradiaría su prestigio sobre la mujer que hiciera de este nombre su diadema, cabellos encanecidos bajo la fama, que mantiene siempre en flor la juventud de sus hijos predilectos; casi cinco veces más años que los míos, pero unas facciones puras y nobles que inspiraban el respeto que inspira el tiempo sin la repugnancia de la vejez; un semblante, en fin, en que el genio y la bondad, esas dos bellezas del alma, atraían poderosamente las miradas y las afecciones de los mismos niños...

El día en que abandoné para siempre el establecimiento de las huérfanas, entré no como su mujer, sino como su hija en casa de mi marido. El mundo así le llamaba: pero él nunca consintió que le diera otro nombre que el de padre.

Me guardó toda clase de respetos y me prodigó todo género de cuidados. Agrupó a mi alrededor una sociedad numerosa y distinguida que se componía de la flor de los hombres célebres en las letras en la filosofía y en la política que habían sido la gloria del último siglo y que habían escapado al hacha de la revolución y al servilismo voluntario del Imperio. Escogió mis amigas y mis guías entre las mujeres célebres de aquella época por sus méritos o por sus talentos. Él mismo me animaba a contraer otros lazos de corazón o de espíritu que fueran bastantes a distraer y dar variedad a la monotonía que había en casa de un anciano. Lejos de mostrarse enfadado o celoso de mis relaciones, buscaba con complaciente atención a los hombres notables cuya sociedad podía tener algún atractivo para mí. Feliz hubiera sido si entre todos hubiera preferido alguno que hubiera mostrado preferencia hacia mí. Era el ídolo y el culto de aquella casa; y precisamente, esta idolatría general de que era objeto, fue la que me salvó de todo sentimiento exclusivo.

Era demasiado feliz y me veía demasiado mimada para que tuviera tiempo de sentir mi corazón: y había además una paternidad tan tierna en las relaciones entre mi marido y yo, por más que su ternura se limitara a estrecharme alguna vez contra su corazón y a besarme en la frente apartando mis cabellos con sus manos, que hubiera temido dar al traste con mi felicidad al poner en ella la mano, ni aun para completarla. Y no obstante, mi marido me echaba algunas veces en cara mi indiferencia chanceándose conmigo; me decía que cuanto más dichosa yo fuera, más dichoso sería él con mi felicidad. ¡Era tan placentera mi vida!

—Por la mañana estudios serios y lecturas amenas en la biblioteca de mi marido; me agradaba servirle de discípula; en el centro del día paseos solitarios con él por los grandes bosques de Meudon o de Saint-Cloud; por la noche un reducido número de amigos, la mayor parte graves y entrados en años, con los que discurríamos, sobre todo en conversación libre y expansiva. Todos aquellos hombres de corazón frío, pero indulgentes, parecían atraídos hacia mi juventud por esa brusca pendiente por la que desciende el sentimiento del corazón de los viejos como el agua de las alturas coronadas de nieves eternas. Ésta era mi vida, juventud sepultada bajo la nieve de las canas; atmósfera tibia producida por el aliento de los ancianos, en la cual me conservaba, pero en la que concluí por languidecer. Había demasiados años entre sus almas y la mía. ¡Cuánto hubiera dado por tener un amigo o una amiga de mi edad a cuyo calor hubiera podido reanimar mis pensamientos que se congelaban en mí como el rocío de la mañana en una planta demasiado próxima a los ventisqueros de estas montañas!

Mi marido me miraba muchas veces con tristeza y parecía alarmarse por la languidez de mi voz y la palidez de mis facciones: hubiera querido dar a cualquier costa aire a mi alma y movimiento a mi corazón. No cesaba de invitarme a ir a todas las diversiones agradables propias para quitarme la melancolía. Me confiaba a las señoras de su sociedad, me obligaba dulcemente a frecuentar las fiestas, los bailes y los espectáculos donde el resplandor de mi juventud y de mi rostro podía proporcionarme a mí misma la satisfacción y el orgullo de la admiración que causaba mi presencia. Al día siguiente de cada una de estas fiestas, entraba en mi aposento a la hora de levantarme; me hacía contarle la impresión que había producido, las miradas que había atraído y aun los corazones que me pareciera haber conmovido.

—Y tú –me decía con acento de cariñosa interrogación– ¿tú no experimentas absolutamente nada de cuanto parece que inspiras a los demás? ¿Un corazón como el tuyo de veinte años, puede haber nacido viejo como el mío? ¡Oh! ¡cuánto celebraría verte preferir entre todos estos adoradores a algún ser de naturaleza superior que pudiera completar un día tu felicidad con un amor puro y que pudiera ser el continuador de mi ternura rejuveneciéndola!

—Vuestra amistad me basta –replicaba yo–; nada sufro, a nada aspiro, soy feliz.

—Sí –continuaba él–, pero envejeces a los veinte años. ¡Oh! ¡no olvides que tienes que cerrar mis ojos! Tienes que rejuvenecer, amar a toda costa para que yo no pueda sobrevivirte! –replicaba yo–; nada sufro,

—Los médicos se sucedían a mi cabecera; después de fatigarme a preguntas, todos estaban acordes en decir que estaba amenazada de espasmos en el corazón. Se habían revelado los primeros síntomas de la enfermedad: según decían, mi vida necesitaba una fuerte sacudida, un alto prolongado en mis costumbres sedentarias, un cambio completo de aire y de cielo para devolver a mi naturaleza tropical, pero enfriada con las brumas de París, la expansión y la energía que necesitaba para revivir. Mi marido no vaciló en sacrificar el placer de tenerme siempre a su lado, a la esperanza de conservarme. No siéndole posible acompañarme a causa de su edad y de sus funciones, me confió a una familia extraña que llevaba dos hijas poco más o menos de mi edad a viajar por Italia y Suiza. Dos años he viajado con esta familia; he visto estas montañas y estos mares que me han recordado los de mi infancia; he aspirado los aires tibios de las olas y el ambiente enérgico de los ventisqueros; nada ha podido devolverme la juventud agostada en mi corazón, por más que mi semblante me engañe a veces a mí misma. Los médicos de Ginebra me han enviado aquí como el último recurso de la ciencia, prescribiéndome que prolongara aquí mi estancia en tanto que brillara un rayo de sol en este cielo de otoño: después de lo cual volveré a reunirme con mi marido. ¡Ah! ¡cuánto hubiera deseado devolverle a mi vuelta a su hija curada, rejuvenecida, radiante de porvenir! Pero lo presiento; no volveré más que para anublar sus últimos días y ¡quién sabe si para extinguirme en sus brazos!

—¡Lo mismo da! –continuó diciendo con una resignación que tenía casi el acento de la satisfacción–; ya no abandonaré la tierra sin haber entrevisto ese hermano tan deseado, ese hermano del alma en vano hasta hoy soñado en un presentimiento y cuya imagen, anticipada por el corazón, me había hecho apartar la vista desengañada de antemano de todos los seres reales.

—Sí –dijo al terminar llevando a los ojos sus manos por entre cuyos largos y rosados dedos vi filtrarse una o dos lágrimas– ¡sí, el sueño de todas mis noches ha encontrado esta mañana al despertarme su encarnación en vuestras facciones!... ¡Oh! ¡si aún pudiera continuar viviendo! ¡si no fuera ya demasiado tarde!... Ahora quisiera vivir siglos para prolongar el sentimiento de aquella mirada que lloraba por mí, de aquellas manos cruzadas que oraban por mí, de aquel alma que tenía piedad de mí, y de aquella voz –añadió, descubriendo de repente sus ojos alzados al cielo– ¡de aquella voz que me ha llamado su hermana!... y que no dejará ya de darme este dulce nombre –prosiguió con un acento y una mirada de dulce interrogación– ni durante mi vida, ni después de mi muerte...

XXXII

Tanta felicidad me anonadó: dejé caer mi cabeza a sus pies sin poder articular una sola palabra.

Se oyeron los pasos de los bateleros que venían a advertirnos que el lago estaba tranquilo y que el día daba de sí lo preciso para pasar a la orilla saboyana, y nos levantamos para seguirles.

Nuestros pasos eran vacilantes, como si estuviéramos ebrios. ¡Oh! ¿cómo podría yo describir mis impresiones al sentir el peso de su cuerpo delicado, pero decaído por el dolor, gravitar suavemente sobre mí como si se complaciera involuntariamente en sentir y en hacerme sentir a mí mismo que desde aquel día yo era ya la única fuerza de su languidez, la única confianza de su debilidad, el único apoyo de sus vacilantes pasos en la tierra? Aún resuena en mis oídos, al cabo de veinte años, el ruido de las hojas secas que crujían bajo nuestros pies, aún veo las prolongadas sombras de nuestros cuerpos confundidas en una sola que el sol poniente proyectaba hacia nuestra izquierda como un vaporoso sudario que fuera en pos de la juventud y del amor a modo de prematura mortaja. Aún siento el dulce calor de su hombro apoyado en mi corazón y el roce de una de las trenzas de sus cabellos que el viento del lago me traía a la cara y que mis labios procuraban sujetar para tener tiempo de besarlos. ¡Oh tiempo! ¡tú puedes enterrar en un minuto eternidades de goces del alma! ¡Mas qué digo! ¡no, no alcanzo, no, tu poder a sepultar; eres impotente para hacer olvidar!

XXXIII

El tiempo, tempestuoso y glacial la víspera, estaba tranquilo y apacible en aquella tarde. Las montañas se bañaban en una ligera tinta violácea que, alejándolas y desvaneciéndolas, les daba proporciones colosales; se podía dudar si eran verdaderas montañas o grandes ventanas de cristales a cuyo través se hubiera podido transparentar el ardiente cielo de Italia. Rojas nubecillas encendidas tachonaban el puro azul del cielo a modo de ensangrentadas plumas de las alas de un cisne devorado por las águilas. El viento había caído por completo.

Las nacaradas e interminables olas no dejaban más que una pequeña franja de espuma al pie de las rocas de donde pendían las humedecidas hojas de los arbustos. Humeaban de trecho en trecho las chimeneas de las cabañas dispersadas por la falda del monte del Gato, y el humo trepaba para elevarse adherido a la montaña en tanto que las cascadas se derrumbaban en los barrancos como humaredas de agua. Las aguas del lago eran tan transparentes que, inclinándose un poco fuera de la barca, se veía la sombra de los remos y nuestra propia sombra que nos miraba; estaban tan tibias que, sumergiendo las puntas de los dedos, para percibir el rumor de la estela que la mano dejaba en el agua, las sentíamos acariciadas con voluptuosos escalofríos.

Un pequeño toldo como el de las góndolas de Venecia nos separaba de los remeros. La enferma estaba reclinada en uno de los bancos del bote que le servía de cama, apoyados los codos en el almohadón, envuelto el cuerpo en chales para preservarse de la humedad de la tarde y rebujados en mi capa los pies. El sol despedía sus últimos rayos rojizos por entre los negros pinos de la gran Cartuja, iluminando a veces y a veces dejando envuelto en la sombra su semblante. Yo iba recostado en un montón de redes extendidas en el fondo del bote, rebosando el corazón, muda la boca, fija en sus ojos la mirada. ¿Qué podíamos decirnos nosotros cuando el sol, la noche, las montañas, el aire, las aguas, los remos, el voluptuoso balanceo del barco, la espuma de la estela que nos seguía murmurando, nuestras miradas, nuestro mutismo, nuestras respiraciones, nuestras almas, todo hablaba por nosotros al unísono en tan divino lenguaje? Lejos de hablar, temíamos más bien que el menor rumor de voces o de palabras viniera a producir una discordancia en el encanto de semejante silencio. Nos parecía deslizarnos del azul del lago, al azul del cielo sin reparar en la orilla que acabábamos de abandonar, ni en la que pronto alcanzaríamos.

XXXIV

Sus labios dejaron escapar lentamente una de sus respiraciones más fuertes y más prolongada que las demás, como si su pecho, oprimido por un peso, hubiera lanzado en un solo aliento toda la aspiración de una larga vida.

—¿Sufrís? –le dije con tristeza.

—No –respondió–, no era un sufrimiento sino una idea.

—¿En qué pensáis con tal fijeza? –repliqué.

—Pensaba –me respondió–, que si a Dios se le ocurriera en este momento inmortalizar toda la naturaleza, si este sol quedase así suspendido, medio oculto su disco tras de esos pinos que parecen pestañas del sol; si esta luz y esta sombra quedaran así confundidas e indecisas en la atmósfera, el lago con su actual transparencia, el aire tan apacible como está, las dos orillas eternamente a igual distancia de este barco, ese mismo destello de luz etérea en vuestra frente, esa misma compasiva expresión que se refleja en vuestros ojos fijos en los míos, y, en fin, el mismo sublime goce que inunda mi alma, llegaría al cabo a comprender lo que aún no he comprendido desde que pienso o desde que sueño.

—¿Qué es? –le pregunté con ansiedad.

—¡La eternidad en un minuto o el infinito en una sensación! –exclamó dejándose caer sobre la borda del barco como para mirar al agua y ahorrarme la dificultad de una contestación.

Cometí la torpeza de contestar con una de esas trivialidades de vulgar adoración que se me vino desgraciadamente a los labios en lugar de los castos e inefables sentimientos que inundaban mi corazón. El sentido de mis palabras fue que semejante felicidad no me bastaría si no era la promesa y la precursora de otra felicidad. Me comprendió demasiado y se ruborizó, más por mí que por ella misma. Se volvió, pintada en el rostro la emoción de una santidad profanada y con un acento no menos tierno, pero más profundo y más solemne del que hasta entonces había oído en sus labios.

—Me habéis hecho mucho daño –dijo en voz baja–, aproximaos más y oídme.

—No sé si lo que siento por vos y lo que parece que vos sentís por mí, es lo que se llama amor en la lengua pobre y confusa del mundo, en que las mismas palabras sirven para indicar cosas que no se parecen más que en el sonido que tienen en los labios humanos; no quiero saberlo; y vos, os lo suplico, no lo sepáis jamás; lo único que sé es que esta es la felicidad suprema, la más cabal que el alma de un ser viviente puede libar en el alma, en los ojos, en la boca de otro ser semejante que le faltaba y con el cual se completa. Al lado de esta felicidad sin medida, de esta libación mutua del pensamiento en el pensamiento, y del sentimiento en el sentimiento; al lado de esta unión de las almas que las hace tan inseparables como el rayo de ese sol que se pone y el de esa luna que se levanta cuando se encuentran en el mismo cielo para remontarse confundidas en el mismo éter, ¿hay alguna otra felicidad que no sea una grosera imagen de ésta, que no esté tan lejos de la unión material y eterna de nuestras almas como lo está de la estrellas el polvo o de la eternidad el minuto? No lo sé; no quiero saberlo –añadió con acento de desdeñosa tristeza, cuyo enigmático sentido no comprendí por el momento. Pero, y al decir esto había tal abandono en su actitud, tal confianza en su acento que parecía entregarse a mí por completo; pero ¿qué importan las palabras? ¡Os amo! Si yo lo callara, la naturaleza toda lo declararla por mí; ¿qué digo os amo? permitidme que sea yo la primera que lo diga en alta voz: ¡nos amamos!

—¡Oh, decidlo, decidlo aún! ¡repetidlo mil veces! –exclamé levantándome como un insensato y recorriendo a grandes pasos la barca, que resonaba bajo mis pies–. Digámoslo a una voz, digámoslo a Dios y a los hombres, al cielo y a la tierra, a los mudos elementos, digámoslo eternamente y que la naturaleza entera lo repita por siempre con nosotros!...».

Vine a caer de rodillas a sus pies con las manos cruzadas, cubierto el rostro con los desordenados cabellos. «Calmaos –me dijo–, y dejadme hablar sin interrumpirme hasta el fin». Volví a sentarme y callé.

XXXV

—Os lo he dicho –continuó–, o mejor aún, no os lo he dicho; ha sido una exclamación que ha salido del fondo del alma al encontrarnos; ¡os amo! os amo con toda el ansia, con todos los ensueños, con todas las impaciencias de una vida estéril de veintiocho años, empleada en mirar sin ver, en buscar sin hallar lo que mi naturaleza le había revelado por medio de un presentimiento cuyo misterio estaba en vos. Pero ¡ay! os he conocido, y os he amado demasiado tarde si es que vos comprendéis el amor como los demás hombres lo comprenden, y como vos mismo habéis dado hace poco muestras de comprenderle en esa frase profana y ligera que me habéis dicho. Oídme aún, prosiguió, y comprendedme bien, soy vuestra, a vos me entrego, os pertenezco como me pertenezco a mí misma y puedo decirlo sin menoscabo de los derechos del padre adoptivo que nunca ha consentido en considerarme sino como hija. No hay nada que me impida ser vuestra de corazón sin más reservas que las que vos mismo me impongáis. No os aduciré este lenguaje que no es el de las mujeres europeas que amando débilmente, y sintiéndose amadas del mismo modo, temerían apagar los deseos que inspiran confesando un secreto que quieren hacerse arrancar. No me parezco a ellas ni por la patria, ni por el corazón, ni por la educación. Dirigida por un marido filósofo en el seno de una sociedad de hombres despreocupados y libres de las creencias y de las prácticas de una religión que ellos mismos han socavado, no tengo ninguna de las supersticiones, de las debilidades de espíritu, de los escrúpulos que cubren la frente de las mujeres vulgares ante un juez que no sea el de su conciencia. El Dios de su infancia no es el mío: yo no creo más que en el Dios invisible que ha escrito su símbolo en la naturaleza, su ley en nuestro instinto, su moral en nuestra razón. La razón, el sentimiento y la conciencia son mis únicas revelaciones. Ninguno de estos tres oráculos de mi vida se opondría a que fuera vuestra mi alma entera; me precipitaría a vuestros pies si sólo a esa costa pudierais ser feliz. Pero ¿cómo creéis que tendríamos más fe en la inmaterialidad y en la eternidad de nuestro amor, dejándole descender a la abyecta naturaleza de las sensaciones vulgares en que habría de degradarse y profanarse, o manteniéndole a la altura de un pensamiento puro en las regiones inaccesibles a la versatilidad humana y a la muerte? Por lo demás –añadió después de una breve pausa y con las mejillas encendidas como si estuvieran al lado del fuego–, si algún día exigierais de mí en un momento de incredulidad y de delirio esa prueba de mi abnegación, tened entendido que no sólo os haría el sacrificio de mi dignidad sino también el de mi existencia; no olvidéis que al arrancarme la inocencia de mi corazón me habríais al mismo tiempo arrancado la vida y que creyendo estrechar la felicidad en vuestros brazos no habríais sido dueño sino de una sombra y no abrazaríais quizás más que la muerte!...

Largo tiempo permanecimos ambos silenciosos; por fin, lanzando un suspiro que salió del fondo del corazón. ¡Os he comprendido –exclamé–; antes de que acabarais de pedírmelo ya había yo prestado en mi corazón el juramento de la eterna inocencia de mi amor!

XXXVI

Esta resignación mía pareció colmarla de felicidad y redoblar el encantador abandono de su ternura. La noche había extendido su manto sobre el lago, las estrellas del firmamento se reflejaban en la superficie de las aguas, la tierra acariciada por el solemne silencio de la naturaleza parecía mecida en profundo sueño. Los vientos, los árboles, las olas, nos permitían reconcentrar toda nuestra atención en las fugitivas impresiones del sentimiento o de la inteligencia que se despiertan silenciosas en los corazones felices. Los bateleros cantaban de vez en cuando esas tardías y monótonas salmodias que tienen la armonía imitativa de las olas, quebrándose en la playa. Esto me hizo pensar en su voz que resonaba sin cesar en mi oído. «¡Ah! si quisierais –dije–, grabar en mi memoria esta noche con algunos acentos lanzados a estas olas y a estas sombras que quedarían eternamente saturadas de vuestra emanación! Indiqué a los bateleros que callaran y que apagaran el ruido de sus remos que caían como un acompañamiento musical en argentinas notas sobre las aguas. Cantó una balada escocesa semimarítima, semipastoril: una joven abandonada de su amante, pobre marinero que ha ido a buscar fortuna a las Indias, mientras que sus padres se han cansado de esperar la vuelta del marino, y la han hecho casar con un viejo a cuyo lado sería dichosa si no soñara siempre con su primer amor. Esta balada principia así:

Ya están en el aprisco los rebaños;
Todos se entregan al placer del sueño,
Y yo ¡ay de mí! me entrego a mis pesares
Mientras duerme mi anciano compañero.

A cada estrofa sigue una larga meditación cantada en notas vagas y sin letra en la que el alma se deja llevar mecida en ondas de infinita tristeza que hace subir las lágrimas de la garganta a los ojos; continúa luego la narración en la siguiente estrofa con el acento sordo y lejano de un recuerdo que llora el bien perdido, sufre y se resigna. Si las estrofas griegas de Safo son el mismo fuego del amor, aquellas notas escocesas son las lágrimas mismas de la vida y la sangre del corazón herido de muerte por el destino. No sé quién escribió aquella música; bendito sea quien quiera que fuera, por haber escogido en unas pocas notas el infinito de la tristeza humana en el gemido melodioso de una voz. ¡Desde aquel día no he podido oír los primeros compases de aquel canto sin huir como un hombre perseguido por una sombra, y cuando siento la necesidad de desahogar mi corazón con una lágrima, me canto interiormente a mí mismo el lastimero estribillo y siento que me acude el llanto, yo que ya no lloro nunca!

XXXVII

Llegamos al pequeño muelle del Pertuis que se adelanta en el lago y donde se amarran los barcos, es el puerto de Aix y está situado a media legua de la población. Eran más de las doce de la noche y no había en el muelle ni carruajes, ni burros para llevar los forasteros a la ciudad. El camino era demasiado largo, para que pudiera hacerlo a pie una pobre mujer delicada de salud.

Después de haber llamado en vano a dos o tres puertas de las cabañas inmediatas, los barqueros propusieron llevar a la señora hasta Aix; separaron los remos de los anillos que les ataban a las barcas, les unieron con cuerdas a las redes, pusieron sobre ellas unos de los cojines del barco y formaron de este modo una camilla flexible donde pusieron a la forastera. Después cuatro de ellos, apoyando en los hombros las extremidades de los remos, se pusieron en marcha sin imprimir al palanquín más balanceo que el de sus pasos.

Yo habría querido disputarles el placer de llevar una parte de aquella dulce carga; pero me rechazaron con celoso apresuramiento. Caminaba al lado del palanquín con la mano derecha entre las de la enferma para que pudiera apoyarse en ella en las desigualdades de la marcha, y procuraba impedir que se saliese del estrecho almohadón sobre el cual iba tendida y así marchamos en silencio y lentamente a la claridad de la luna llena, bajo la larga calle de álamos. ¡Oh qué corta me pareció, y cuánto hubiera querido que me condujera hasta el último paso de nuestras dos vidas! La enferma no me hablaba ni yo le decía nada; pero sentía todo el peso de su cuerpo suspendido confiadamente en mi brazo y sus dos manos frías rodeando la mía apretándolas involuntariamente de cuando en cuando, mientras un hálito más cálido sobre mis dedos me hacía comprender que había acercado mis manos a sus labios para calentarlas. No, jamás un silencio semejante ha encerrado en sí tan íntimas expansiones. En una hora experimenté los placeres de un siglo y cuando llegamos a la casa del anciano facultativo y dejamos a la enferma en el umbral de su cuarto, un mundo entero se había hundido entre nosotros. Sentí mi mano humedecida con sus lágrimas y las sequé sobre mis labios y en mis cabellos arrojándome después vestido sobre mi lecho.

XXXVIII

En vano me volvía a uno y otro lado en la almohada; no me fue posible dormir. Las mil circunstancias de aquellos dos días se reproducían en mi mente con tal fuerza y tales choques de impresión, que no podía creer que hubieran concluido: volvía a verlo y a oírlo todo como si no hubiera pasado el tiempo; la fiebre de mi alma se comunicó a mi cerebro; me levanté y me volví a acostar veinte veces sin poder tranquilizarme, hasta que al fin renuncié a ello y traté con la agitación de mis pasos de calmar la de mis pensamientos. Abri la ventana, hojeé libros sin comprenderlos, di varios paseos rápidos por mi cuarto, cambié de lugar la mesa y la silla para encontrar un buen sitio, y acabar la noche sentado o de pie. En el salón inmediato se oyó todo aquel ruido y mis pasos turbaron el descanso de la pobre enferma, que sin duda estaba tan despierta como yo. Sus pasos indicaron que se acercaba a la puerta de encima cerrada por dos cerrojos que separaba su salón de mi cuarto; apliqué el oído a los cuarterones de aquella puerta y oí una respiración contenida y el roce de un vestido de seda contra la pared y vi el resplandor de una lámpara filtrado a través de las hendiduras de la puerta y por debajo de ella: era sin duda la enferma que estaba allí con el oído aplicado también a pocas líneas de mi frente y pudiendo oír los latidos de mi corazón.

—¿Estáis enfermo? –me dijo por lo bajo una voz que hubiera conocido aunque sólo hubiera suspirado una sola vez.

—No –respondí–; es que soy demasiado feliz y el exceso de felicidad ocasiona la fiebre lo mismo que el de la angustia. Esta fiebre es la de la vida; no la temo, no la rehuyo y no duermo para gozar de ella mejor.

—Niño –me dijo–, id a dormir mientras yo velo; ahora me toca a mí velar por vos.

—¿Pero por qué vos no dormís tampoco? –le pregunté también en voz baja.

—Yo –dijo–, no quiero dormir más para no perder un minuto del nuevo placer de que estoy poseída. Tengo poco tiempo para saborearlo y no quiero perder una gota de él en el olvido del sueño. He venido a sentarme aquí para oíros quizá y para conocer a lo menos que estoy a vuestro lado.

—¡Oh! –murmuré entre mis labios– ¿por qué tan lejos? ¿por qué este muro entre nosotros?

—¿Por ventura es la puerta la que nos separa y no nuestra voluntad y nuestro juramento? –me preguntó–. Si vuestros pasos no están contenidos más que por ese obstáculo material, bien podéis salvarlo. Y entonces oí que descorría los cerrojos de la puerta. Sí –continuó–, ya podéis salvarlo si no hay en vos algo más fuerte que vuestro amor. Sí, podéis salvarlo –continuó en un acento a la vez más apasionado y más solemne–; no quiero deber nada sino a vos mismo. Pero no lo salvaréis... porque hallaríais lo que llamáis una felicidad, pero felicidad que sería una falta para vos y para mí... para mí que bajaría del sitio elevado en que me habéis puesto.

El exceso de mi emoción, los embates de mi corazón que me impulsaba hacia aquella voz y la violencia moral que me rechazaba, me hicieron caer aniquilado en la actitud de un hombre herido de muerte sobre el umbral de aquella puerta cerrada. La oí pasear largo tiempo del otro lado de la puerta y continuamos una parte de la noche hablando en voz baja: palabras intimas inusitadas en el lenguaje ordinario de los hombres, flotantes como los sueños de la noche entre el cielo y la tierra, con frecuencia interrumpidas por largos espacios de silencio durante los cuales los corazones se habían tanto más, cuanto más faltan las palabras en los labios. Al fin los ratos de silencio se fueron haciendo más largos, las voces más apagadas y yo me dormí de cansancio con la mejilla contra la pared y las manos sobre mis rodillas.

XXXIX

Cuando me desperté, el sol estaba ya muy alto sobre el horizonte e inundaba mi habitación de reverberaciones luminosas. Los petirrojos de otoño jugueteaban y picoteaban en las parras y entre las matas de grosella bajo mi ventana; toda la naturaleza parecía haberse despertado, adornado, iluminado y animado para festejar el día de nuestro nacimiento a una nueva vida. Todos los ruidos de la casa me parecían alegres como yo; oía los pasos ligeros de la doncella, que iba y venía por el corredor llevando el desayuno a su ama; las voces infantiles de las muchachas de la montaña, que traían las flores de las orillas del ventisquero; las patadas y las campanillas de las mulas que la esperaban en el patio para conducirla al lago o al bosque de abetos. Cambié mi ropa, cubierta de polvo y de espuma; me lavé los ojos, encendidos por el insomnio; me peiné los cabellos que estaban en desorden; me puse los calzones de cuero, de cazador de gamuzas; tomé mi fusil y bajé a la mesa común donde el anciano médico almorzaba con su familia y sus huéspedes.

XL

Hablóse en la mesa de la tempestad en el lago; del peligro que había corrido la joven extranjera; de su desmayo en Haute-Combe; de su ausencia de dos días; de la fortuna que yo había tenido en encontrarla y salvarla. Supliqué al médico que la hiciese pedir en mi nombre el permiso de informarme de su salud y acompañarla en sus correrías. Bajó con ella al comedor, más hermosa, más interesante y más rejuvenecida por la alegría que nunca. Deslumbró a todo el mundo, pero no miraba a nadie más que a mí; y yo sólo comprendía aquellas miradas y las palabras de doble sentido que pronunciaba. Sus guías la sentaron con gritos de gozo sobre el sillón de estribo flotante que sirve a las mujeres de Saboya para caminar a caballo. Yo seguí a pie la mula de campanillas que la llevaba aquel día a las cabañas más elevadas de la montaña.

Allí pasamos el día entero casi sin hablarnos; tanto nos entendíamos ya sin necesidad del lenguaje. Ocupados unas veces en contemplar el valle luminoso de Chambery, que parecía hundirse y ensancharse a medida que subíamos más; otras, deteniéndonos a la orilla de las cascadas, cuyos vapores, coloreados por el sol, nos envolvían entre arcos iris ondulantes que nos parecían el marco natural y la aureola misteriosa de nuestra felicidad; otras cogíamos las últimas flores de la tierra en las cuestas de las cabañas, cambiándolas entre nosotros como letras inteligibles para nosotros solos de ese alfabeto embalsamado de la naturaleza; otras recogíamos las castañas olvidadas al pie de los árboles y las mondábamos, para después cocerlas al fuego en su cuarto; otras nos sentábamos en las últimas cabañas de las montañas, ya abandonadas por sus habitantes, y no decíamos: ¡cuán felices serían dos seres como nosotros, relegados por el destino a una de aquellas casas desiertas, formadas de algunos troncos de árboles y de algunos maderos, próximas a las estrellas, recibiendo el murmullo de los vientos entre los pinos, el frío de los ventisqueros y de las nieves, pero separados de los hombres por la soledad, y teniendo en nosotros mismos una vida ocupada en un solo sentimiento!

XLI

Por la tarde bajamos a pasos lentos mirándonos tristemente, como si hubiéramos dejado detrás de nosotros nuestros dominios y nuestra ventura. Ella subió a su cuarto y yo me quedé para cenar con la familia y sus huéspedes. Después de la cena llamé a su puerta, como habíamos convenido, y me recibió como un amigo de la infancia a quien se encuentra después de una larga separación. Así pasé todas las noches, encontrándola ordinariamente reclinada en un canapé cubierto de tela blanca en el ángulo formado por la ventana y la chimenea; una mesita de madera de castaño, en la cual ardía un lámpara de cobre, servía para contener los libros y las cartas recibidas o comenzadas durante el día, además de una cajita de caoba para té que me dio al marchar, y que desde entonces está sobre mi chimenea, y dos tazas de porcelana azul y rosa de la China, en las cuales tomábamos el té cuando daban las doce.

El buen médico subía ordinariamente conmigo para hablar con su joven enferma, pero al cabo de media hora de conversación, aquel excelente hombre, observando que mi presencia contribuía más que sus consejos y sus baños al restablecimiento visible de una salud tan querida para todos, nos dejaba solos con nuestros libros y nuestra conversación. A las doce besaba su mano, que me tendía a través de la mesa, me retiraba a mi cuarto y no me acostaba hasta que dejaba de oír ruido en el suyo.

XLII

Todavía llevamos durante cinco semanas, largas en cierto sentido, cortas en otro, esta vida intima y deliciosa en común; largas, teniendo en cuenta las innumerables palpitaciones que producían en nuestros corazones; cortas, si pienso en la rapidez con que pasaban las horas. Parecía que por un milagro de la Providencia, que no se reproduce sino cada diez años la estación, cómplice de nuestra dicha, estaba de acuerdo con nosotros para prolongarla. El mes de octubre todo entero, y una mitad del mes de noviembre, parecían una primavera, como si el invierno, compadecido de nosotros, se hubiera olvidado de salir de su tumba. Las brisas eran tibias, las aguas azules; los pinos estaban verdes, las nubes sonrosadas, el sol resplandeciente. Solamente los días eran cortos; pero las largas noches junto a las cenizas cálidas de nuestra chimenea, nos acercaban más uno a otro e impedían que nuestras miradas y nuestras almas se evaporasen en el esplendor de la naturaleza exterior. Por eso la preferíamos a los largos días del verano; el verano estaba en nosotros y le sentíamos mejor, confinándonos en nuestra habitación durante las largas tinieblas de las noches de noviembre, al ruido de las primeras ráfagas de viento o de nieve sobre los vidrios y al gemido del viento de otoño, el cual parecía concentrarnos en nosotros mismos y gritarnos: apresuraos a decirnos lo que jamás se ha dicho en vuestros corazones y todo lo que debe decirse antes que el hombre y la mujer muera, porque yo soy la voz de los malos días que se aproximan y que van a separaros.

XLIII

Visitamos así, nuevamente juntos, todas las ensenadas, todas las islas, todas las arenas del lago, todas las simas, todas las lomas, todas las gargantas, todos los valles secretos, todas las grutas, todas las cascadas encajadas en las hendiduras de las rocas de Saboya. Vimos más sitios sublimes o agradables, más soledades, más casitas suspendidas entre los abismos y las nubes en las partes salientes de las montañas, más huertos, más aguas espumosas sobre los prados en declive, más bosques de abetos y de castaños abriendo sus oscuras columnatas a nuestras miradas y repercutiendo el eco de nuestras voces bajo sus bóvedas de verdor, que las que fueran necesarias para ocultar un mundo de amantes. En cada uno de estos sitios dejamos un suspiro, una nota de entusiasmo, una de nuestras bendiciones. Les rogábamos por lo bajo o en alta voz que conservasen el recuerdo de la hora que en ellos habíamos pasado juntos, de los pensamientos que nos habían inspirado, del aire que nos habían hecho respirar, de la gota de agua que habíamos bebido en el hueco de la mano, de la hoja o de las flores que en ellos habíamos cogido, de la huella que nuestros pasos habían impreso en la hierba húmeda; les pedíamos que nos devolvieran todo esto un día con la partícula de existencia que allí dejábamos al pasar y al respirar para no perder nada de la felicidad que rebosaba de nuestros corazones y para volver a encontrar todos aquellos minutos, todos aquellos éxtasis, todas aquellas emanaciones de nosotros mismos en el depósito fiel de la eternidad donde todo se encuentra, aun el aire que se acaba de respirar y el minuto que se cree haber perdido.

Jamás quizá desde la creación de aquellos lagos, torrentes y granitos, se habían levantado ímpetus del corazón tan tiernos y tan inflamados hacia Dios, como los que elevamos nosotros en aquellas montañas. Había en nuestras almas bastante vida y bastante amor para animar toda aquella naturaleza, aguas, cielo, tierra, rocas, árboles, cedro, tomillo y para hacerla devolver suspiros, ardores, apretones de mano, voces, gritos, perfumes, llamas capaces de llenar el santuario entero de una naturaleza más vasta y más desierta todavía, que aquella en que nos perdíamos. Si se hubiera creado un globo para nosotros solos, nosotros solos habríamos bastado para poblarlo, vivificarlo, darle la voz, la palabra y la bendición por toda una eternidad. ¡Y se dirá que el alma humana no es infinita! ¿Quién ha sentido los límites de su vida, de su poder de existencia y de amor, al lado de una mujer adorada, enfrente de la naturaleza y del tiempo y bajo la mirada de las estrellas? ¡Oh amor! Que los cobardes te teman y los malvados te proscriban: tú eres el gran sacerdote de este mundo, el revelador de la inmortalidad, el fuego del altar y sin tu resplandor el hombre no tendría la menor idea del infinito.

XLIV

Aquellas seis semanas fueron para mí un bautismo de fuego, que transfiguró mi alma y la purificó de todas las manchas que hasta entonces había tenido. El amor fue la llama que abrasándome me iluminó a la vez la naturaleza, el mundo, mi propio ser y el cielo. Comprendí la nada de este universo viendo cómo desaparecía ante una sola chispa de la verdadera vida. Me avergoncé de mí mismo mirándome en lo pasado, y comparándome con la pureza y la perfección de aquella a quien amaba. Entré en el cielo de las inteligencias, penetrando con los ojos y el corazón en aquel mar de hermosura, de sensibilidad, de pureza, de melancolía y de amor, que se entreabría de hora en hora cada vez más en los ojos, en la voz, en las conversaciones de la mujer que acababa de manifestarse a mí.

¡Cuántas veces me puse de rodillas delante de ella con la frente apoyada sobre la hierba en la actitud y en el sentimiento de la adoración. Cuántas veces la rogué como se ruega a un ser de superior naturaleza que me lavara con una de sus lágrimas, que me inflamara en una de sus llamas, que me aspirase en una de sus respiraciones para que no quedara nada de mí en mí mismo, más que el agua purificadora con que me hubiese lavado, el fuego celeste en que me hubiese consumido, el nuevo soplo de que me hubiere animado, a fin de que yo me convirtiese en ella o ella en mí, y que Dios mismo al llamarnos a su presencia no pudiera conocer ni reparar lo que el milagro del amor hubiera transformado y confundido!... Oh, si tenéis un hermano, un hijo o un amigo que jamás haya comprendido la virtud, rogad al cielo que le haga amar de esta manera. Mientras ame será capaz de todos los sacrificios, de todos los heroísmos para elevarse al nivel de su amor. Y cuando ya no ame le quedará para siempre en el alma un sabor de deleite casto, que le disgustará de las aguas del vicio y una mirada secretamente levantada hacia la fuente donde le fue permitido beber una vez.

XLV

No puedo decir cuántos movimientos saludables de rubor se apoderaron de mí en presencia de aquella a quien amaba; pero sus reconvenciones eran tan tiernas, sus miradas aunque penetrantes tan dulces, sus perdones tan divinos, que al humillarme delante de ella no me sentía rebajado, antes bien, sentía que me elevaba y engrandecía. Creía casi sentir desarrollarse en mí mismo, y de mi propia naturaleza la pureza, el esplendor que su luz reverberaba tan sólo en mí. La comparaba sin cesar involuntariamente con las demás mujeres que había entrevisto. Excepto Antoine, excepto mi madre a quien se parecía en su santidad y en su madurez. ninguna mujer podía soportar en mi concepto la menor comparación con ella. Una sola de sus miradas oscurecía a todas las demás. Sus conversaciones me revelaban profundidades, extensiones, delicadezas, elegancias, ambiciones de sentimiento y de pasión, que me transportaban a regiones desconocidas donde creía respirar por la primera vez el aire natal de mis propios pensamientos. Todo lo que había en mí de ligereza, de vanidad, de puerilidad, de sequedad, de ironía o de amargura durante los malos años de mi adolescencia desaparecía de tal modo que ya no me conocía a mí mismo. Al separarme de ella me sentía honrado y me creía puro; encontraba la seriedad, el entusiasmo, la oración, la piedad interior, las lágrimas que no corren por los ojos, sino que nacen como de una fuente oculta en el fondo de las arideces aparentes y que lavan el corazón sin afeminarlo. Me prometía no descender jamás de aquellas alturas sin vértigos, donde sus tiernas reconvenciones, su voz, su sola presencia tenían el don de engrandecerme. Era como una segunda virginidad de mi alma alcanzada por efecto de los rayos de la eterna virginidad de aquel corazón! No puedo decir si había más respeto que amor en la impresión que recibía de ella: tan mezcladas estaban la pasión y la adoración por iguales partes y tanto se trocaba mil veces por minuto en mis pensamientos, el amor en culto y el culto en amor. ¡Oh! ¿No es éste el último límite del amor, el entusiasmo en la contemplación de la belleza perfecta, y el deleite en la adoración suprema?... Todo lo que ella había dicho me parecía eterno, todo lo que había mirado era sagrado a mis ojos. Envidiaba la tierra que había pisado al andar; los rayos del sol que la envolvían en nuestros paseos, me parecían llenos de gozo por haberla tocado; hubiera querido recoger para separarlo de las demás ondas aéreas el aire divinizado por ella a mis ojos al respirar; hubiera querido poner en un cuadro hasta el sitio vacío que acababa de dejar en el espacio para que ninguna criatura inferior le ocupase jamás mientras durase la tierra. En fin, veía, sentía, adoraba todo, y hasta a Dios mismo, a través de aquella divinidad de mi contemplación. Si la vida durase en semejante estado del alma, la naturaleza detendría su curso, la sangre cesaría de circular, el corazón se olvidaría de dar latidos o por mejor decir no habría ni movimiento, ni retardo, ni descanso, ni precipitación, ni muerte, ni vida en nuestros sentidos; no habría más que una eterna absorción de todo nuestro ser en otro ser. Este estado debe parecerse al del alma, a la vez aniquilada y viviente en Dios.

XLVI

¡Qué felicidad! Los viles deseos de la pasión se habían aniquilado (pues que ella lo había querido), en la plena posesión del alma sola. Aquella felicidad como sucede siempre me hacía mejor y más piadoso que lo había sido nunca. Dios y ella se confundían tan completamente en mi espíritu, que la adoración en que vivía respecto de ella, se convertía de este modo en una perpetua adoración del ser divino que la había creado. Yo era un himno y no había dos palabras en él; porque Dios era ella y ella era Dios.

Nuestra conversación por el día cuando nos deteníamos para mirar, para respirar, para admirar en las vertientes de la montaña, en las orillas del lago o al pie de algún castillo o bien en las praderas inundadas de sol, giraba con frecuencia por efecto de la expansión natural de dos almas sobre el abismo sin fondo de todos los pensamientos, es decir, sobre el infinito y sobre la palabra que le llena todo entero: Dios.

Cuando yo pronunciaba esta última palabra con la entusiasta bendición del corazón que contiene toda una revelación en un asunto, me admiraba de verla bajar los ojos o volver la mirada a otra parte, ocultando en los pliegues de sus hermosas cejas o de su boca, una pena o una incredulidad triste que me parecía en contradicción con nuestro entusiasmo. Un día le pregunté tímidamente la causa. "Es que esa palabra me causa daño, me respondió".

—¿Cómo –pregunté–, la palabra que contiene el nombre de toda vida, de todo amor y de todo bien, puede causar daño a la más perfecta de sus creaciones ?

—¡Ah! –replicó con el acento de un alma desesperada–, es que esa palabra contiene para mí la idea del ser, cuya existencia he deseado lo más apasionadamente posible que no fuera un sueño; es que ese ser –añadió con una voz más sorda y más apagada–, no es para mí, ni para los sabios de quienes he recibido las lecciones, sino la más maravillosa pero también la más vacía de las ilusiones de nuestro pensamiento.

—¡Cómo! –le dije–, vuestros maestros ¿no creen en Dios? Pero vos, que amáis, ¿podéis no creer en él? ¿Hay una palpitación de nuestros corazones, que no sea una proclamación del infinito?

—¡Oh! –se apresuró a responderme–, no interpretéis ligeramente la ciencia de los hombres que han levantado para mí los velos de la filosofía, y que han hecho brillar a mis ojos la gran idea de la razón y de la ciencia en vez de la lámpara fantástica y pálida con que las representaciones humanas iluminan las tinieblas esparcidas alrededor de pueriles divinidades. En lo que yo no creo es en el Dios de vuestra madre y de vuestra nodriza, que no es el dios de la naturaleza y de los sabios. Creo con ellos en un Ser principio y causa, origen, espacio y fin de todos los demás seres, o mejor dicho que no es en sí mismo sino la eternidad, la forma y la ley de todos esos seres visibles o invisibles, inteligentes o ininteligentes, animados o inanimados, vivos o muertos, y a quien compete el solo verdadero nombre de Ser, el Ser de los seres, el infinito.

Pero la idea de la inconmensurable grandeza, de la inmutabilidad soberana, de la necesidad absoluta e inflexible de los actos de ese Ser a quien vosotros llamáis Dios, y a quien nosotros llamamos ley, excluye de nuestro pensamiento toda inteligibilidad precisa, toda denominación justa, toda ambición racional, toda manifestación personal, toda revelación, toda encarnación, toda relación posible entre ese Ser y nosotros, y hasta el homenaje de la oración. ¿Cómo la consecuencia ha de dirigir sus súplicas al principio?

—¡Oh cuán cruel es esto! –añadió–, y qué de bendiciones, de oraciones y de lágrimas no habría yo depositado a sus pies desde que os amo... –Después recobrando su serenidad, dijo–: os admiro y os aflijo, pero perdonadme: la primera de las virtudes, si hay virtudes ¿no es decir la verdad? Éste es el único punto sobre el cual no podemos entendernos; así, pues, no hablemos de él jamás. Habéis sido educado por una madre piadosa en el seno de una familia cristiana, en el cual habéis respirado con el aire las santas credulidades del hogar; habéis sido llevado de la mano a los templos; os han enseñado imágenes, misterios, altares y oraciones, diciéndoos: "Dios está ahí que os escucha y os responde"; habéis creído porque no teníais la edad necesaria para examinar lo que os decían. Después habéis abandonado los andadores de vuestra infancia para imaginar un dios menos pueril y menos femenil que el de los tabernáculos cristianos. Pero el primer deslumbramiento ha dejado todavía fatigados vuestros ojos; la claridad que habéis creído ver estaba mezclada, sin vos saberlo, de esa claridad falsa con que os han fascinado al entrar en la vida, y os han quedado dos debilidades de la inteligencia: el misterio y la oración. No hay misterio, afirmó con voz solemne; la razón los disipa todos. El hombre imperfecto o crédulo es el que ha inventado el misterio; Dios es el que ha hecho la razón. Y tampoco hay oración –prosiguió más tristemente–, porque tratándose de una ley inflexible nada puede doblegarla y tratándose de una ley necesaria, nada la puede cambiar.

Los antiguos, en su ignorancia popular bajo la cual se ocultaba su profunda sabiduría lo sabían muy bien –añadió por último–, porque suplicaban a todos los dioses de su invención, pero no suplicaban a la ley suprema: el destino. Aquí guardó silencio.

—Me parece –le dije después de un largo rato–, que los maestros que os han enseñado esa sabiduría, en sus teorías acerca de las relaciones del hombre con Dios, han subordinado demasiado el ser sensible al ser pensador; en una palabra, que han olvidado en el hombre el corazón; ese órgano de todo amor como la inteligencia es el órgano de todo pensamiento. Las imaginaciones que el hombre se forma acerca de Dios pueden ser pueriles y falsas; sin embargo, sus instintos, que son su ley no escrita, deben ser verdaderos, porque sin esto la naturaleza habría mentido al crearlo. ¿Creéis que la naturaleza es una mentira –añadí sonriéndome–, vos que decíais hace poco que la verdad era quizá la sola virtud? Ahora bien, cualquiera que haya sido el objeto de Dios al dar al corazón del hombre los dos instintos, el misterio y la oración, ya haya querido revelarle por este medio que él, Dios, es lo incomparable, y que el misterio es su verdadera nombre; ya haya querido que todas las criaturas le tributasen honor y bendición, y que la oración fuese el incienso universal de la naturaleza, siempre resulta que el hombre lleva en él esos dos instintos cuando piensa en Dios, el misterio y la adoración. El misterio –añadí–, la razón humana puede ensancharlo, iluminarlo, apartarlo cada vez más sin disiparlo nunca completamente; y en cuanto a la oración, es la necesidad del corazón de rebosar constantemente la súplica útil o inútil escuchada o no como los perfumes ante los pasos de Dios. Que ese perfume caiga a los pies de la Divinidad, o que caiga en tierra, no importa; cae siempre como tributo de debilidad, de humildad y de adoración.

¿Pero quién sabe si es perdido? –añadí con el tono de una experiencia que en la voz del que había triunfa de la duda misma–; ¿quién sabe si la oración, esa comunicación sensible con la omnipotencia invisible, no es, en efecto, la mayor, de las fuerzas naturales o sobrenaturales del hombre? ¿Quién sabe si la voluntad suprema no ha querido desde toda la eternidad inspirarla y escucharla en el aire y hacer participar así al hombre mismo por la invocación del mecanismo de su propio destino? ¿Quién sabe, en fin, si Dios en su solicitud por los seres emanados de él no ha querido dejarles esa relación con Él mismo, como la cadena invisible que suspende el pensamiento de los mundos al suyo? ¿Quién sabe si en su soledad majestuosa poblada por él solo, no ha querido que ese murmullo viviente, que esa conversación inextinguible con su naturaleza, se elevara y bajara sin cesar sobre todos los puntos del infinito, desde él a todos los seres que vivifica, que abraza y que ama, y desde todos esos seres hasta Él?

En todo caso la oración es el más sublime de los prestigios del hombre, porque es el que le permite hablar con Dios: y aunque Dios fuera sordo le dirigiríamos todavía nuestra oración, porque si su grandeza consistiera en no escucharnos, la nuestra consistiría en suplicarle.

Vi que mis razonamientos la agitaban sin convencerla; que

su alma, un tanto seca por la ciencia, todavía no había abierto sus fuentes hacia el lado de Dios. Pero el amor no debía tardar en enternecer su religión después de haber enternecido su corazón; las delicias y las angustias de la pasión debían en breve hacer brotar en él la adoración y el rezo, esos dos perfumes del alma, que arde y que desfallece: el uno lleno de entusiasmo, el otro lleno de lágrimas, ambos divinos. Yo no era gran teólogo; pero estaba tan penetrado de la existencia de Dios como lo está el espejo de la imagen. Mi fe en Él no era una fe, era una evidencia, y sentía grandemente ver a la más hermosa de sus creaciones, ciega, sorda y muda, no sintiendo lo que en ella era una manifestación mejor que la del cielo.

XLVII

Sin embargo, la felicidad, la soledad entre los dos, ese edén de las almas dichosas, el descubrimiento que ella hacía todos los días en mí de algún abismo de mi pensamiento correspondiente a los misterios de su propia naturaleza; ese aire de otoño en las montañas que conservan como estufas caldeadas durante el estío, el aire tibio hasta en la inmediación de las nieves; esas correrías lejanas a los chalets y a los lagos; el balanceo de barca o el suave paso de las mulas, que se parece al de las olas ligeras y lentas del mar; la leche de aquellos pastos, que le llevaban espumante por la mañana y por la tarde en copas de haya esculpidas por los pastores; y sobre todo esa exaltación suave, ese delirio pacífico, ese vértigo continuo de un alma levantada de la tierra por un primer amor como si fuese sobre alas, y llevada de pensamiento en pensamiento a través de un nuevo cielo en perpetua expansión de júbilo; todo esto restablecía visiblemente su salud. De un día a otro se la veía rejuvenecer; la convalecencia del alma se comunicaba a su fisonomía; su rostro, al principio un poco manchado en torno de los ojos por esos cardenales, semejantes a la impresión de los dedos de la muerte, recobraba la plenitud de la mejilla, el calor de la sangre, la frescura de la tez, el sonrosado de una joven que ha vivido largo tiempo en la montaña y ha sentido las primeras brisas frías de los ventisqueros. Sus párpados habían perdido su peso; sus ojos la sombra; sus labios los pliegues; sus miradas nadaban en una perpetua bruma luminosa del alma vapor de un corazón ardiente condensado sobre el globo de los ojos en lágrimas que suben siempre, pero que se secan a su mismo fuego y no descienden jamás por las mejillas. Su actitud recobraba la fuerza, sus movimientos la flexibilidad, sus pasos la ligereza y viveza de los de un niño. Cada vez que volvía conmigo de una de esas excursiones y entraba en el patio de la casa, el anciano médico y su familia ponderaban el prodigioso cambio verificado en veinticuatro horas en su salud. Era un resplandor de juventud y de vida que brillaba a la vista de todos.

La felicidad, en efecto, parecía tener rayos y sembrar en torno suyo una atmósfera en la cual ella iba envuelta y envolvía a los que la miraban. Aquella irradiación de la belleza, aquella atmósfera del amor no son, como se cree, pura imagen de poeta. El poeta no hace más que ver mejor lo que se escapa a las miradas distraídas o ciegas de los otros hombres. Se dice con frecuencia de una hermosa joven que ilumina la oscuridad durante la noche; podía decirse que Julia caldeaba el aire en torno suyo. Yo andaba, yo vivía envuelto en aquella emanación de hermosura y los demás la sentían al pasar.

XLVIII

Cuando volvía a entrar en mi cuarto durante los cortos instantes en que me veía obligado a separarme de ella, aunque fuese a la mitad del día, me sentía como en un calabozo sin aire y sin luz. Aun el sol más resplandeciente no me iluminaba a no ser que ella le reflejara en mis ojos. Cuanto más la veía más la admiraba y menos podía creer que fuese una criatura de la misma especie que yo. La divinidad de su amor había concluido por convertirse en una fe supersticiosa de mi imaginación. Me prosternaba sin cesar en espíritu delante de aquel ser, demasiado tierno para ser un dios, demasiado divino para ser una mujer. Procuraba aplicarle nombres pero no encontraba ninguno que darle, y a falta de nombre la llamé *misterio,* y como misterio le rendía un culto que se ligaba a la tierra por la ternura, que tenía algo de éxtasis por el entusiasmo, de realidad por la presencia y del cielo por la adoración.

Ella había concluido por hacerme confesar que alguna vez había escrito versos, pero jamás se los había enseñado; parecía algo aficionada a esta forma artificial del lenguaje, que cuando no lo idealiza altera la sencillez del sentimiento y de la expresión. Su naturaleza era demasiado viva, demasiado profunda y grave para prestarse a esas formalidades, a esos contornos, a esas lentitudes de la poesía escrita. Era ella la poesía; desnuda como el corazón, sencilla como la primera palabra, pensativa como la noche, luminosa como el día, rápida como el relámpago, inmensa como la extensión. Su alma era un escala infinita imposible de anotar por ninguna prosodia; su voz misma era un canto perpetuo imposible de imitar por ninguna armonía de verso; y si hubiera vivido largo tiempo a su lado, jamás habría leído ni escrito versos. Ella era para mí el poema viviente de la naturaleza y de mí mismo. Mis sentimientos resonaban en su corazón, mis imágenes se reflejaban en sus miradas, mi melodía en su voz; y por otra parte la poesía enteramente materialista y sonora de fines del siglo XVIII y del imperio, poesía cuyos principales tomos estaban en su cuarto como Delille y Fontanes no era lo que convenía al estado de nuestras almas. Su espíritu, mecido por las olas melodiosas de los trópicos, era un foco de dolor, de languidez, de amor, que todas las voces del aire y de las aguas no hubieran bastado para exhalar. Algunas veces trataba delante de mí de leer esos libros y admirarlos, porque su reputación la atraía; pero no tardaba en dejarlos con un gesto de impaciencia; permanecían sordos bajo sus manos como cuerdas rotas, cuya voz se busca en vano hiriendo las teclas del piano. La nota de su corazón no estaba sino en el mío, pero no podía salir de él jamás. Los versos que sabía inspirarme no debían resonar sino sobre su tumba; no supo jamás a quién amaba antes de morir; yo era para ella un hermano; poco le hubiera importado que fuese un poeta para todo el mundo; en su cuarto no había nada de mí más que yo mismo.

XLIX

Una sola vez le revelé involuntariamente el débil don que poseía, y que estaba lejos de sospechar o de desear en mí. Mi amigo Luis * * * había venido a pasar algunos días con nosotros y ocupábamos la noche hasta las doce en lecturas y conversaciones íntimas de tristezas o de alegrías. Nos admirábamos ante aquellos tres jóvenes destinos, desconocidos poco tiempo antes los unos de los otros y ya reunidos e identificados bajo el mismo techo, al amor de la misma lumbre, bajo los murmullos de las mismas tempestades de otoño, en una casita de las montañas de Saboya; tratando de prever por qué capricho de la Providencia o del acaso, los mismos vientos de la vida nos dispersarían o nos reunirían de nuevo. Las consideraciones sobre el horizonte de nuestra vida futura, concluyeron por entristecernos y permanecimos mudos delante de la pequeña mesa en que se había servido el té y en la cual teníamos puestos los codos. Al fin Luis, que era poeta, sintió resonar una nota de melancolía en su alma y quiso escribirla; ella le prestó un lápiz y él escribió en el mármol de la chimenea algunas estrofas elegíacas llenas de lágrimas como las estrofas fúnebres de Gilbert. Luis se parecía a Gilbert en el genio; había escrito las siguientes estrofas que vivirán tanto como el gemido de Job en la lengua de los hombres:

Desgraciado concurrente
Al banquete de la vida,
Aparezco un día y muero.
Muero y en mi tumba fría.
Nadie verterá una lágrima, etc.

Los versos de Luis me conmovieron; tomé el lápiz de sus manos, me retiré un momento al otro extremo de la habitación y escribí a mi vez los que morirán conmigo sin haber sido recogidos; los primeros versos que salieron de mí corazón y no de mi imaginación. Los leí sin atreverme a levantar los ojos hacia ella, a quien iban todos dirigidos. Son éstos... Pero no, los borro; todo mi genio estaba en mi amor y se ha disipado con él.

Al acabar la lectura de estos versos vi, en el rostro de Julia, iluminado por un reflejo de la lámpara, una expresión de admiración tan tierna, y de hermosura tan sobrehumana, que me quedé indeciso como había dicho en mis versos, entre el ángel y la mujer, entre el atractivo y la prosternación. Al fin venció este último sentimiento a la vez en mi alma y en la de mi amigo, y ambos nos arrodillamos delante de su canapé y besamos el extremo del pañuelo negro que envolvía sus pies. Aquellos versos le parecieron tan sólo una emanación instantánea y aislada de la pasión que le tenía; los elogió pero no me volvió a hablar de ellos. Prefería nuestras conversaciones naturales y aun nuestros momentos de silencio uno en pos de otro a los juegos de imaginación que profanan el alma mucho más de lo que la manifiestan. Luis se separó de nosotros pocos días después.

L

A consecuencia de mis primeros versos, débil estrofa del canto continuo de mi corazón, me pidió que le compusiera una oda para dirigirla como tributo de admiración y como ensayo de mi talento a uno de los hombres de su sociedad de París a quien profesaba gran respeto y adhesión: era M. de Bonald. No conocía nada de este personaje más que su nombre y la aureola de legislador, filósofo y cristiano de que este nombre se hallaba entonces justamente rodeado. Me figuré que tenía que hablar a un Moisés moderno que tomaba en los rayos de otro Sinaí la luz divina con que iluminaba las leyes humanas. Escribí la oda en una noche; la leí por la mañana a la sombra de un castaño de la montaña que me la había inspirado; me la hizo leer tres veces y por la noche la copió con mano ligera pero firme. Sus caracteres pasaban como la sombra en alas de sus pensamientos sobre el papel blanco, con la rapidez, la elegancia y la limpidez del vuelo del ave en el aire. Al día siguiente la envió a París y M. de Bonald le respondió cosas de buen agüero acerca de mi talento. Tal fue el origen de mis relaciones con aquel excelente hombre, cuyo carácter he admirado y amado siempre desde entonces sin participar de sus doctrinas teocráticas. Mi adhesión a sus símbolos, ignorados entonces por mí, no había sido más que una complacencia con el amor; después hubiera podido ser un homenaje a la virtud. Pero M. de Bonald era como M. de Maistre, uno de esos profetas de lo pasado, uno de esos ancianos de ideas a quienes se saluda con veneración. Teniendo el pie sobre el umbral del porvenir no quieren entrar en él y se detienen un momento para oír los gemidos armoniosos de las cosas que mueren en el espíritu humano.

LI

Había acabado ya el otoño; estábamos en un dulce invierno aún alumbrado y templado por algunos rayos de sol que se deslizaban entre las nubes. Aún nos hacíamos la ilusión y nos decíamos que era otoño. Tanto horror teníamos a reconocer al invierno que iba a separarnos.

Frecuentemente nevaba por las mañanas, cubriéndose con ligeras manchas blancas las rosas de Bengala y las perennes del jardín como con el plumón blanco de un cisne que hubiese mudado durante la noche, encima de los álamos donde los veíamos atravesar el aire. Al mediodía el sol deshacía esta nieve; y se pasaban con frecuencia horas deliciosas en el lago. El movimiento y el vapor de las aguas lo entibiaban, reflejando los últimos rayos de sol del año. Las higueras que pendían de las rocas expuestas al mediodía sobre las olas, al abrigo de las ensenadas, tenían aún sus anchas hojas. Las reverberaciones del sol contra estas rosas les daban aún los colores, los esplendores y el calor de las tardes de estío. Sólo que estas horas eran rápidas como el movimiento de los remos que nos llevaban de paseo entre estos cálidos escollos que forman la costa del lago, por el Mediodía.

La luz rasante del sol sobre los abetos, las moscas verdes, los pájaros de invierno más ricamente cubiertos de pluma, más alegres y más familiares que los de primavera; la abundancia y la espuma serpenteante de las mil cascadas, extendiéndose sobre los prados en pendiente y viniendo a encontrarse en las cavidades, para desde allí caer con murmullos y salpicaduras sonoras desde lo alto de las rocas lisas y negras al lago: el ruido cadencioso de los remos, que extendía como una voz amiga oculta bajo el agua sus misteriosos gemidos sobre nosotros, acompañándonos con sus lamentos; por fin, el bienestar que sentíamos en esta atmósfera meridional, uno al lado del otro y separados de la tierra por abismos de agua; todo esto nos inundaba aún por momentos de tal sentimiento de voluptuosidad del ser, de tal plenitud de alegría interior, de tal desborde de paz en el amor, que habríamos desafiado al mismo cielo a que pudiese añadir más felicidad.

Pero esta felicidad estaba mezclada con el sentimiento de que iba a concluir; cada golpe de remo resonaba en nuestros corazones, como un paso del día que nos aproximaba a la separación. ¿Quién sabe si mañana estas hojas que tiemblan no caerán en el agua? Si este césped en que podríamos sentarnos aún ¿o estará cubierto de una espesa capa de nieve? Si estos escollos espléndidos, este cielo azul, estas ondas centelleantes, ¿no estarán ocultos por las nieblas de la noche próxima en un océano de pálidas y sombrías escarchas?

Un largo suspiro se escapó de nuestros pechos al pensar en esto; ambos meditábamos lo mismo sin atrevernos a comunicárnoslo, por temor de atraer la desgracia nombrándola. ¡Oh! ¡quién en su vida no ha gozado de esta felicidad sin estar seguro del día siguiente, en que la vida se concentra en una hora que se quisiera hacer eterna, y en que se siente escapar minuto a minuto, escuchando el balancear del péndulo que marca los segundos, viendo la aguja que devora la hora en la esfera, sintiendo la rueda del coche que a cada vuelta abrevia el espacio o escuchando el ruido de la proa que deja detrás de si las agujas y que os acerca a la orilla para haceros bajar del cielo de vuestros ensueños a la playa dura y fría de la realidad!

LII

Un día, después de comer, estando así deliciosamente mecidos en el bote, al sol, en una ensenada en calma y templada entre dos brazos del monte del Gato, al ruido lejano de una pequeña cascada en forma como un canto perpetuo bajo las grutas en que se filtra antes de perderse en el abismo de las aguas, nuestros remeros quisieron bajar a tierra para cambiar las redes que habían colocado la víspera.

Nos quedamos solos en el bote, mal amarrado con una cuerdecilla a una rama de higuera; los balances doblaron y rompieron la rama, arrastrándonos sin que lo advirtiésemos, y derivamos al centro de la ensenada, a trescientos pasos de las rocas perpendiculares, entre las que se halla encajonada. Las aguas del lago tenían, en este sitio, ese color bronceado, ese reflejo del metal fundido, esa inmovilidad pesada que les dan siempre las sombras repercutidas de los altos derrumbaderos, la vecindad de las rocas cortadas a pico y que anuncian la profundidad de las olas en un lecho que nadie ha osado sondar. Pude haber tomado el remo y acercarnos de nuevo a la orilla; pero este aislamiento de toda naturaleza viviente nos produjo una deliciosa sensación de horror. Habríamos querido perdernos así, no sobre una mar que tiene orillas, sino en un firmamento que no las tiene. No oíamos la voz de los bateleros; se habían alejado hasta perderse de vista a lo largo de la playa de Saboya; los picos desnudos les ocultaban; no oíamos más que el murmullo lejano e intermitente de la cascada, algunas brisas locas que atravesaban de vez en cuando el aire inmóvil cargadas de los armoniosos gemidos de los pinos y los pequeños y sordos golpes de las olas contra los costados de la barquilla, a la que el movimiento de nuestras respiraciones hacía ligeramente ondular.

El sol y la sombra de la montaña se repartían por igual nuestro bote, la proa al sol. La popa a media luz. Yo estaba sentado a los pies de Julia, en el fondo de la embarcación, como el primer día que la traje de Haute-Combe. Nos gustaba recordar, con todas sus circunstancias, este primer día, esta era íntima en que el mundo comenzaba para nosotros, pues de este día databa nuestro encuentro.

Julia estaba recostada en el banco, con un brazo tendido sobre la borda y colgando al agua, el otro apoyado en mi hombro, jugando con la mano con un bucle de mis largos cabellos; yo tenía la cabeza un poco vuelta hacia atrás, para que mis ojos no viesen todo el horizonte más que el firmamento y su semblante destacándose en el fondo del cielo. Su rostro estaba inclinado sobre el mío, como para contemplar su sol en mi frente y su día en mis ojos. Una expresión de deliciosa calma, profunda, inefable, brotaba de todas sus facciones y daba a su rostro un resplandor, una transparencia digna de este cuadro de cielo en que la miraba. De repente la vi palidecer, retirar sus dos brazos, uno de mi hombro, otro de la borda del bote, revolverse como sobresaltada en su asiento, llevar las dos manos a los ojos, ocultar un instante el rostro, reflexionar, enmudecer, después retirar sus manos bañadas de algunas gotas de lágrimas y gritar con un acento de resolución serena y tranquila: «¡Oh! ¡muramos!...».

Después de esta sola palabra, quedó un momento en silencio, luego continuó: «¡Oh! ¡sí, muramos, porque la tierra no tiene más que darnos, sólo el cielo nos promete!» Miró mucho tiempo a su alrededor, al cielo, a las montañas, al lago, a las olas transparentes y medio luminosas bajo la sombra del bote. «Ves tú –me dijo– (era la primera vez que se servía, hablándome, de esta forma de lenguaje, solemne o familiar, según que se dirija a Dios o al hombre), ves como todo está preparado a nuestro alrededor para un desvanecimiento de nuestras vidas! He ahí este sol, el más hermoso de nuestros años que se oculta para acaso no levantarse mañana: he ahí esas montañas que por última vez se miran en el lago; extienden sus largas sombras hasta nosotros como para decirnos: «Amortajaos en este sudario que os tiendo»; he ahí las olas puras, límpidas, profundas, mudas, que nos preparan un lecho de arena al que nadie vendrá a despertarnos para decirnos: «¡Partamos!». Ninguna vista humana nos ve. Nadie sabrá por qué misterio la barca vacía irá mañana a chocar en alguna roca de la costa. Ni una arruga de estas aguas llevará a los curiosos o a los indiferentes al sitio en que nuestros cuerpos se habrán deslizado abrazándose debajo de las ondas o donde dos almas se habrán remontado, reunidas, al eterno éter. Ni un murmullo quedará de nosotros sobre la tierra, más que el murmullo del pliegue de la ola que se cerrará sobre nosotros!... ¡Oh! ¡muramos en esta embriaguez del alma y de la naturaleza que no nos hará sentir la muerte sino en su voluptuosidad! ¡Más tarde querremos morir y acaso no muramos tan felices! Yo tengo algunos años de edad más que tú; esa diferencia, insensible hoy, se hará mayor con el tiempo. Los débiles atractivos de mi rostro que te han seducido, concluirán pronto. No quedará a tu vista más que el recuerdo y la extrañeza de tu entusiasmo desvanecido. Entonces yo no puedo ser más que un alma para ti... tú desearás otra felicidad... Moriré contenta si la encuentras con otra mujer... ¡Moriré de dolor si te veo desgraciado por mi causa! ¡Oh! muramos, muramos y ahoguemos este porvenir, dudoso o siniestro, en un último suspiro, que no tendrá, a lo menos en nuestros labios, más que el sabor sin mezcla de la completa reunión!...».

Mi alma me decía en el mismo momento, y con la misma fuerza, lo que su boca me decía al oído, lo que su rostro me decía a los ojos, lo que la naturaleza solemne, muda, fúnebre en el esplendor de su hora suprema, me decía a todos los sentidos. De modo que las dos voces que yo oía, la una dentro, la otra fuera, me decían las mismas palabras, como si una de estas lenguas no hubiese sido más que el eco o la traducción de la otra.

Olvidé el mundo y le respondí: «¡Muramos!».

Ocho veces enlacé a su cuerpo y al mío, estrechamente unidos como en un sudario, las cuerdas de la red de los pescadores que se hallaron al alcance de mi mano en el bote. La levanté en mis brazos que había conservado libres, para precipitarla conmigo en las ondas... En el momento en que el esfuerzo que yo había hecho con los pies iba a sumergirnos para siempre juntos, sentí su pálida cabeza volverse como el peso de una cosa muerta, sobre mi hombro y su cuerpo desplomarse sobre mis rodillas. El exceso de las emociones, la dicha de morir juntos, había adelantado la muerte misma. Estaba desmayada en mis brazos. La idea de abusar de su desvanecimiento para arrastrarla, ignorándolo y quizá a su pesar, a mi propia tumba, me asaltó con un repentino horror. Me incliné bajo su peso en el fondo del bote. Me apresuré a desatar las cuerdas que nos rodeaban. La extendí sobre el banco. Rocié por mucho tiempo, mojando mis manos en el lago con gotas de agua fría su frente y sus labios. No sé cuanto tiempo estuvo así sin sentimiento, sin color y sin voz. Cuando vi que abría los ojos y que volvía a la vida, empezaba a cerrar la noche y los balanceos insensibles de las olas nos habían arrastrado al medio del lago.

—Dios no lo ha permitido –le dije– vivimos; ¡lo que nos parecía el derecho de nuestro amor, no era sino un doble crimen! ¿No hay nadie a quien pertenezcamos en la tierra?... ¿nadie más que en el cielo? –añadí mostrándole respetuosamente con la vista y con el gesto el firmamento, como si hubiera visto en él al juez y señor de los destinos.

—¡No hablemos de esto más –me dijo rápidamente y en voz baja–, no hablemos jamás! ¡Habéis querido que viva y viviré, mi crimen no era morir, sino arrastraros conmigo!

Había cierta amargura y como una tierna reconvención en su acento y en su mirada.

—El mismo cielo –le dije como respondiendo a sus pensamientos–, ¿tiene horas como las que acabamos de pasar juntos? La vida las tiene y esto basta para hacérmela adorar.

En breve recobró esta vez sus colores y su serenidad. Agarré los remos e impulsé lentamente el bote hacia la pequeña playa de arena. Oía desde allí la voz de los bateleros que habían encendido fuego bajo la cavidad de la roca. Atravesamos el lago tranquilo y entramos silenciosos en la casa.

LIII

Por la noche al entrar en su cuarto, la encontré llorando delante de su mesa; muchas cartas abiertas se hallaban esparcidas entre las tazas del té.

—Más nos hubiera valido morir de una vez, porque ved aquí la larga muerte de la separación que va a comenzar para mí –dijo mostrándome con el dedo las cartas de Ginebra y París.

Su marido le escribía que comenzaba a inquietarse por su larga ausencia en una estación que podía tornarse rigurosa de un día a otro, que él mismo se sentía débil y cada día más, que deseaba abrazarla y bendecirla antes de morir. Sus tristes instancias estaban sazonadas de ternuras paternales y de alusiones joviales al hermoso joven hermano que la hacía olvidar demasiado sus demás amistades. La otra era del médico de Ginebra, que debía venir a buscarla para llevarla a París. La escribía que se vela obligado a partir precipitadamente para asistir a un príncipe soberano de Alemania que reclamaba sus cuidados, que le enviaba en su lugar un hombre respetable y seguro que la acompañaría hasta París y que la serviría de mayordomo y de cochero en el camino. Este hombre había llegado y se había fijado la partida para dos días después. Estas noticias, aunque presentidas todos los días, nos sobrecogieron como si jamás debieran venir. Pasamos una larga velada y casi la mitad de la noche en silencio con los ojos secos, puestos de codos uno delante de otro sobre la pequeña mesa, no atreviéndonos ni a mirarnos, ni a hablar por miedo de resolver en lágrimas y en interrupciones esta larga agonía muda de nuestros pensamientos, ni a decir sino sólo algunas palabras truncadas y distraídas pronunciadas en voz hueca y sorda, palabras que resonaban en la habitación como gotas de lágrimas en una tumba. Resolví al instante partir también.

LIV

Al día siguiente era la víspera de nuestra separación. El día, como por ironía, amaneció más espléndido y más caluroso que lo habían sido las más serenas mañanas de octubre.

Mientras que hacían los baúles y se cargaba el carruaje, nos marchamos con las mulas y los guías. Fuimos al valle y a la montaña a darles nuestro adiós y como las estaciones de nuestro amor a todos los sitios en que nos habíamos primero visto, después encontrado, después paseado juntos, después sentado, hablado, amado, durante este largo y divino comercio entre esta naturaleza solitaria y nosotros.

¡Principiamos primero por Tresserver, encantadora colina! Se levanta como una larga duna de verdor, entre el valle de Aix y los lagos. Sus flancos cortados a pico sobre las aguas están cubiertos de castaños dignos de los castañares de Sicilia. Sus ramas extendidas sobre el abismo encuadran el cielo o los pedazos azules del lago, según se mira desde arriba o desde abajo.

Desde las raíces afelpadas por el musgo de estos bellos árboles, desde donde se ven pasar los hombres y las mujeres como hormigas, es desde donde más habíamos meditado en silencio en nuestras horas de contemplación.

Desde allí, bajamos por una pendiente, rápida al pie de un pequeño castillo solitario, que se llama Bon-Port. Este castillejo, está tan enterrado por el lado de tierra, bajo los castañares de Tresserves, por el lado del lago en los repliegues profundos de una ensenada abrigada de las olas, que apenas se ve, bien sea marchando por la colina, bien navegando por el pequeño mar del Bourget. Un terraplén cubierto de algunas moreras separa el castillo de la playa de arena fina, donde continuamente vienen a morir, espumar, lamer y balbucear las pequeñas lenguas azules de las olas. ¡Oh! ¡cómo envidiamos a los felices poseedores de este nido ignorado de los hombres, escondido entre las ramas y las aguas, y conocido solamente de los pájaros del lago, del viento del Mediodía y del sol! Lo bendecimos mil veces en su reposo y le deseamos corazones como los nuestros para habitarlo.

LV

De Bon-Port subimos, volviendo a la extremidad de la colina de Tresserves, al Norte, hacia las altas montañas que dominan el valle de Chambery hacia Ginebra. Volvimos a ver las mesetas, los pastos, las cabañas ocultas bajo los nogales, los grupos de césped en que mugían las terneras. Su cencerro suena constantemente para indicar a los pastores que las guardan de lejos, su marcha por la hierba. Subimos hasta las últimas cabañas. El viento glacial del invierno había ya quemado allí la punta de las hierbas. Recordamos las horas deliciosas que habíamos pasado allí, las palabras que nos habíamos dicho, las ilusiones de entera separación del mundo que nos habíamos hecho, los suspiros que habíamos confiado al viento y a los rayos de las montañas para llevarlos a lo alto.

Nos recordamos uno a otro todas estas horas ya pasadas, todas estas palabras, todos estos sueños, todos estos gestos, todas estas miradas, todas estas aspiraciones, como se desamuebla una casa de todo lo que tiene de más precioso cuando se la deja. Enterramos mentalmente todos estos tesoros, todos estos recuerdos, todas estas esperanzas, en los muros de madera de estas cabañas cerradas hasta la primavera, como en un depósito de nuestras almas, para encontrarlos intactos a la vuelta, ¡si debíamos volver alguna vez!

LVI

Volvimos a bajar por anchas mesetas pobladas de árboles hasta el lecho espumoso de una cascada. Allí se levanta un pequeño monumento fúnebre a una bella joven, madame de Broc: esta víctima cayó allí, llevada por un torbellino de aguas, en el fondo de una gruta de donde la espuma sacó mucho tiempo después sus ropas e hizo así encontrar su cuerpo. Los amantes vienen con frecuencia a sentarse delante de esta tumba húmeda. Sus corazones se oprimen, sus brazos se atraen pensando de qué paso en falso sobre una piedra resbaladiza depende su frágil felicidad.

Desde esta cascada, que ha tomado el nombre de *Madame de Broc,* marchamos en silencio hacia el lago. Se le domina en toda su extensión desde el pie del castillo de San Inocente. Allí descabalgamos de nuestras mulas bajo un alto bosque de encinas esparcidas y entrecortadas por matorrales, entonces solitario. Después un rico colono que vino de las Indias levantó una bonita casa de campo y plantó jardines en su cercado paternal.

Dejamos pacer nuestros mulos desembridados en el bosque al cuidado de los muchachos que nos conducían. Avanzamos solos de árbol en árbol y de claro en claro, hasta la extremidad de esta lengua de tierra en la que veíamos brillar el lago y en la que oíamos rozar las aguas. Este bosque de San Inocente es un cabo que avanza en medio de las aguas en la parte más melancólica y más deshabitada de su orilla. Termina en algunas rocas de granito resbaladizas lavadas por la espuma de las olas cuando el viento las levanta, secas y relucientes cuando la marea está baja.

Nos sentamos cada uno en una de las piedras contiguas. Enfrente, la abadía de Haute-Combe parecía una pirámide negra ante nosotros; por el otro lado estaba el lago. Miramos una pequeña mancha blanca que brillaba al pie de los terrados sombríos del monasterio. Era la casa del pescador a que las olas nos habían echado a los dos para reunirnos eternamente por el azar de este encuentro: era el cuarto en que había pasado esta noche a la vez fúnebre y divina que había decidido de nuestras dos vidas.

—Allí está –me dijo extendiendo el brazo sobre el lago y mostrando con el dedo el punto luminoso apenas visible a lo lejos y en la sombra de la orilla opuesta–. ¿Y habrá un sitio, un lugar y un día –añadió tristemente–, en que el recuerdo de lo que entre nosotros ha pasado allí, en horas inmortales, no se os presentará, en la lontananza de vuestro porvenir, sino como esa pequeña mancha en el fondo tenebroso de esta costa?

A estas palabras no pude responder, de tal modo este acento, esta duda, esta perspectiva abierta sobre la muerte, sobre la inconstancia, sobre la fragilidad, sobre la posibilidad del olvido, me habían herido el corazón y llenado el alma de presentimientos. Rompí a llorar, ocultando mis lágrimas entre los dedos y volviéndome al lado del viento de la tarde para que las secase ocultamente sobre los ojos, pero ella las vio:

—Rafael –volvió a decir tiernamente–, no, no me olvidaréis jamás. Lo sé, lo siento. Pero el amor es corto y la vida lenta. Viviréis muchos años más que yo. Agotaréis la naturaleza en lo que tiene de dulce, de fuerte, de amor en los labios humanos. Seréis hombre. Lo conozco en vuestra sensibilidad a la vez viril y femenil. Seréis hombre, en toda la miseria y en toda la grandeza de este nombre, con que Dios ha designado una de sus más extrañas criaturas. ¡Tenéis en una sola de vuestras aspiraciones, aliento para millares de vidas. Viviréis en toda la energía y en toda la extensión de esta palabra: ¡la vida! Pero yo...

Detúvose un momento y levantó los ojos y los brazos hacia el cielo bajando la cabeza como para dar gracias:

—¡Yo, he vivido!... ¡he vivido demasiado –continuó con acento satisfecho–, puesto que he respirado para llevarla siempre en mí, el aliento de la única alma que esperaba en la tierra y que me vivificará en la misma muerte de donde vuestra aspiración me ha sacado! Moriré joven y moriré sin pesar por el presente, porque he agotado, en un solo hálito esta vida que vos no agotaréis antes que estos bellos bucles rubios se hayan vuelto blancos como la espuma que baña vuestros pies!

—Este cielo, esta orilla, este lago, estas montañas, han sido la escena de mi única vida, aquí abajo. Juradme confundir de tal modo en vuestra memoria este cielo, esta orilla, este lago, estas montañas, con mi recuerdo, que la imagen de este lugar sagrado sea en adelante inseparable en vos de mi propia imagen, que esta naturaleza en vuestra vista y yo en vuestro corazón, no seamos más que un... ¡en fin –añadió– que cuando volváis después de muchos días a ver esta dulce y magnífica naturaleza a errar bajo estos árboles, a sentaros a orillas de estas olas, a escuchar estas brisas y estos murmullos, me veáis y me tengáis tan presente, tan viva, tan amante como aquí!... No pudo acabar, el llanto la interrumpió.

—¡Oh! ¡cuánto tiempo estuvimos llorando! El ruido de nuestros sollozos ahogados en nuestras manos, se confundía con los sollozos del agua en la arena. Nuestras lágrimas formaban pequeños pliegues, en las límpidas aguas que dormían a nuestros pies. ¡Veinte años después no he podido recordarlo sin sollozar aún!

—¡Oh hombres! no os inquietéis por vuestros sentimientos, ni temáis que el tiempo se los lleve. No hay ni hoy ni mañana en las poderosas resonancias de la memoria, no hay más que siempre. El que no siente esto, no ha sentido jamás. Hay dos memorias: la de los sentidos que se usa con los sentidos y que deja perder las cosas perecederas y la memoria del alma para la que el tiempo no existe, que vive a la vez en todos los puntos del pasado y del presente de su existencia, facultad del alma que tiene como el alma misma, la ubicuidad, la universalidad y la inmortalidad del espíritu. Tened seguridad, los que amáis: el tiempo no tiene poder más que con las horas, nunca con los sentimientos.

LVII

Traté de hablar, no pude. Mis sollozos hablaron, mis lágrimas juraron. Nos levantamos para reunirnos con los que nos guardaban las mulas. Volvimos a la puesta del sol, por la larga alameda de álamos deshojados, en que ella había tenido tanto tiempo mi mano, durante nuestro primer viaje juntos en el palanquín. Al atravesar el largo arrabal de chozas que precede a la puerta del pueblo y al atravesar la plaza y la calle que sube a Aix, tristes semblantes nos saludaban desde las ventanas y desde el quicio de las puertas, como las almas sencillas y tiernas saludan la partida de dos golondrinas retrasadas que dejan las últimas los huecos de los muros de una población.

Las pobres mujeres se levantaban del banco de piedra en que hilaban a la puerta de sus casas, los niños dejaban sus cabras y sus borricos que traían de pastar: todos venían a dirigir, quién una mirada, quién una palabra, quién una inclinación a la joven señora y al que todos creían su hermano. ¡Era tan bella, tan agradable a todos, tan amada, que se hubiera dicho que era el último rayo de sol del año que se retira del valle.

Cuando llegamos a lo alto del pueblo, bajamos de nuestros mulos. Despedimos a los muchachos. No queriendo perder una hora de este último día que no se extinguía aún, sobre las rosadas nieves de los Alpes, subimos lentamente y solos por una cañada que conduce a un jardín en terraplén de una bonita casa que se llama la Casa Chevalier.

A orillas de este terraplén, la vista se cierne en libertad sobre el pueblo, el lago, las gargantas del Ródano, las mesetas altas, los collados y las cimas, paisaje alpino, del que este sitio es como una plataforma levantada en medio de un panorama. Allí, nos quedamos sentados sobre un tronco de árbol tendido en tierra, recostados en el muro del terraplén, mudos, inmóviles, mirando alternativamente a todo a la vez, los diferentes sitios que habíamos llenado durante seis semanas con nuestras miradas, nuestros pasos, nuestras conversaciones, nuestras respiraciones dobles y nuestros suspiros. Cuando estos sitios se fueron todos sucesivamente tiñendo por el crepúsculo y por la sombra, cuando no quedó más que un poco de luz tardía en un rincón del horizonte, al poniente, nos levantamos como sobresaltados los dos sin habernos puesto de acuerdo; huimos mirando en vano hacia atrás, como si una mano invisible nos arrojase de este Edén, plegando cruelmente a nuestro paso toda esta decoración de nuestra felicidad y de nuestros amores.

LVIII

Entramos en la casa, la tarde estuvo templada, y como yo debía acompañar a Julia en el pescante de su carruaje hasta Lyon, cuando la aguja de su pequeño reloj hubo marcado la media noche, me retiré para dejarla descansar un poco hasta la mañana siguiente. Me acompañó hasta la puerta, abrí, y la dije besando su mano que me tendió en el corredor: «¡Hasta mañana!». No respondió nada, pero la oí murmurar sollozando entre dientes, detrás de la puerta que cerré: «¡No hay más mañanas para nosotros!»

Aún hubo otras, pero fueron cortas y amargas como las últimas gotas de una copa vacía. Antes del día partimos para Chambery, a fin de no mostrar a la luz nuestras mejillas pálidas por el insomnio y nuestros ojos enrojecidos por el llanto. Pasamos el día en una posada del arrabal de Italia. Esta posada, cuyas galerías de madera daban a un jardín, atravesado por un arroyuelo, nos ilusionó aún algunas horas más, recordándonos las galerías, la soledad y el silencio de nuestra vivienda de Aix.

LIX

Queríamos antes de dejar a Chambery y su querido valle, ir a visitar juntos la casa de Juan Jacobo Rousseau y de madame de Warens en los Carmelitas. Un paisaje no es sino un hombre o una mujer. ¿Qué es si no Vaucluse sin Petrarca? ¿qué es Sorrento sin el Tasso? ¿qué es Sicilia sin Teócrito? ¿qué es Paracleto sin Eloísa? ¿qué Annecy sin madame de Warens? ¿qué es Chambery sin Juan Jacobo Rousseau? Cielo sin sol, voz sin ecos, sitios sin alma. El hombre no anima sólo al hombre, anima toda una naturaleza. Lleva con él una inmortalidad al cielo y deja otra en los lugares que ha consagrado. Buscando su rastro se le halla y se conversa realmente con él.

Llevamos con nosotros el libro las Confesiones, en el cual e poeta de los Carmelitas describe este retiro campestre. Rousseau fue arrojado allí por los primeros naufragios de su destino y recogido en el seno de una mujer joven, bella, náufraga como él. Esta mujer parecía haber sido compuesta expresamente por la naturaleza de virtudes y de debilidades, de sensibilidad y consecuencia, de devoción y de independencia de espíritu para abrigar la adolescencia de este genio extraño cuya alma contenía a la vez un sabio, un amante, un filósofo, un legislador y un loco. Otra mujer, acaso habría hecho desarrollar otra vida. ¡Dichoso el que hubiese encontrado a madame de Warens, antes de su profanación! Era un ídolo adorable; pero este ídolo había sido manchado. Ella misma rebajaba el culto que un alma joven y amorosa le daba. Los amores de este joven y de esta mujer son una página de *Dafnis y Cloe* arrancada del libro y hallada manchada y sucia, bajo los pies de una cortesana.

No importa, era el primer amor o el primer delirio de este hermoso joven. El lugar en que este amor nació, el pabellón en que Rousseau hizo sus primeras confesiones, la habitación en que se sonrojó con las primeras emociones, el corral en que el discípulo se gloriaba de descender a los más humildes trabajos corporales para servir a su amante y protectora, los castaños esparcidos a cuya sombra se sentaban juntos para hablar de Dios, entrecortando con locas risas y caricias infantiles estas teologías joviales, sus dos figuras tan perfectamente colocadas en todo este paisaje, tan bien confundidas en esta naturaleza salvaje como ellos, todo esto tiene para los poetas, para los filósofos y para los amantes, un atractivo oculto, pero profundo. Para los poetas, ésta es la primera página de aquella alma que fue un poema para los filósofos, es la cuna de una revolución para los amantes, es el nido de un primer amor.

LX

Subimos discurriendo sobre este amor, por el sendero que conduce a los Carmelitas desde el fondo del barranco. Estábamos solos. Los cabreros habían abandonado las praderas secas y los setos sin hojas. El sol brillaba a través de algunas nubes ligeras. Sus rayos más concentrados eran más calurosos en los flancos abrigados del barranco. Los petirrojos saltaban casi al alcance de nuestras manos, en los zarzales. Nos deteníamos de vez en cuando, y nos sentábamos en la orilla del sendero hacia el mediodía para leer una página o dos de las *Confesiones* y para identificarnos con el sitio.

Veíamos al joven vagabundo, casi andrajoso, llamando a la puerta de Annecy y entregando avergonzado su carta de recomendación a la bella reclusa en el sendero desierto que va desde su casa a la iglesia. Teníamos tan presentes a los dos jóvenes, que nos parecía que nos oían y que íbamos a verlos en la ventana o en las alamedas del jardín de los Carmelitas. Volvimos a ponernos en camino para detenernos otra vez. Este sitio nos atraía y nos repelía a la vez, como un lugar en que el amor se había revelado y como un lugar en que había sido profanado también. No había este peligro para nosotros. Debíamos conservarle eternamente tan puro, como le llevábamos en nuestras dos almas.

«¡Oh! me decía yo interiormente, si yo fuera Rousseau, ¿qué no hubiera hecho de mí esta otra madame de Warens tan superior a la de los Carmelitas como yo soy inferior no en sensibilidad, pero sí en genio a Rousseau?».

Pensando así subíamos a una planicie rápidamente inclinada, plantada aquí y allá de algunos viejos nogales. Estos árboles habían visto jugar a los dos amantes sobre sus raíces. A la derecha, en el sitio en que la garganta se estrecha, como para cerrarse de hecho al pasajero, un terraplén de piedras sin labrar y mal juntas lleva a la casa de madame de Warens.

Ésta es un pequeño cubo de piedras grises horadado por una puerta y dos ventanas, por el lado del terraplén y otras tantas por el del jardín; con habitaciones bajas encima, una gran sala abajo, al nivel del piso, sin otros muebles que un retrato de madame de Warens en su juventud.

Su gracioso rostro aparecía radiante, a través del polvo de la tela ahumada, de belleza y de jovialidad. ¡Pobre y encantadora mujer! Si ella no hubiese encontrado este niño errando por los caminos, si no le hubiese abierto su casa y su corazón, este genio sensible y sufrido se hubiera extinguido en el cieno. Este encuentro parece un azar, pero fue providencial para este gran hombre, bajo la figura de una primera amante. Esta mujer le salvó, le cultivó, le exaltó en la soledad, en la libertad y en el amor, como las huríes de Oriente que preparan a los jóvenes al martirio por la voluptuosidad. Ella le hizo su imaginación pensadora, su alma femenina, su acento tierno, su pasión por la naturaleza. Comunicándole su alma enfermiza, le dio el entusiasmo por las mujeres, los jóvenes, los amantes, los pobres, los oprimidos, los desgraciados de su siglo. Ella le dio el mundo, ¡él fue ingrato!... ¡Ella le dio la gloria y él le legó el oprobio!... Pero la posteridad debe estarles reconocida y perdonar una debilidad que nos valió tan gran poeta. Cuando Rousseau escribió estas páginas odiosas sobre su bienhechora no era ya Roussea;, era un pobre insensato. ¿Quién sabe si su imaginación enferma y perturbada, que le hacía ver entonces el insulto en el beneficio, el odio en la amistad, no le hizo ver también la cortesana en la mujer sensible y el cinismo en el amor? Yo siempre he supuesto esto. Y desafío a un hombre razonable a que recomponga con verosimilitud el carácter que Rousseau da a su amante, con los elementos contradictorios que asocia en esta naturaleza de mujer. Unos elementos excluyen los otros. Si ella tenía bastante alma para adorar a Rousseau, no amaba al mismo tiempo a Claudio Anet. Si lloraba a Claudio Anet y a Rousseau no amaba al muchacho peluquero. Si era piadosa no se glorificaba con sus debilidades, las deploraba. Si era incitante, bella y fácil como Rousseau nos la describe, no estaría reducida a buscar sus adoradores entre los vagabundos en los caminos y en las calles. Si afectaba la devoción con semejante vida, era una mujer de cálculo y una hipócrita. Y si era una hipócrita, no era la mujer abierta, franca y abandonada de las *Confesiones.* Este retrato no es verdad. Son una cabeza y un corazón fantásticos. Debajo de esto hay un misterio. Este misterio está tal vez en la mano extraviada del pintor más que en la naturaleza de la mujer cuyas facciones reproduce.

No hay ni que acusar al pintor que no estaba en su juicio, ni que creer en el retrato que desfigura una adorable creación después de haberla evocado.

En cuanto a mí no he creído nunca que madame de Warens se reconociese en las páginas sospechosas de la demencia de Rousseau. La he restituido siempre en mi imaginación, tal como se apareció en Anency al joven poeta, bella, sensible, tierna, un poco ligera, aunque realmente piadosa, pródiga de bondades, alterada por el amor y ardiendo en deseos de confundir los dos nombres de madre y amante en su cariño por este niño que le mandó la Providencia y que adoptó en su deseo de amar. He aquí el retrato verdadero, tal como los ancianos de Chambery y de Annecy me han dicho haberlo oído mil voces describir por sus padres. El alma de Rousseau mismo contiene testimonios contra estas recriminaciones. ¿Dónde habría él adquirido esa piedad sublime y tierna, esa melancolía femenil del corazón, esos toques finos y delicados del estilo, si una mujer no se los hubiese dado con su corazón? No, la mujer que ha creado al hombre no es una cortesana cínica, es una Eloísa caída. Pero es una Eloísa caída en el amor y no en la torpeza y en la degradación. Yo apelo al Rousseau joven y amante, del Rousseau viejo, lúgubre, calumniador de la naturaleza humana y lo que quiero buscar frecuentemente con delirio en los Carmelitas, es a madame de Warens, más incitante y más seductora a mis ojos y a mi corazón que al suyo.

LXI

Una pobre mujer nos encendió fuego en la habitación de madame de Warens.

Acostumbrada a las visitas de los extranjeros y a sus conversaciones largas y recogidas en este teatro de los primeros años de un hombre célebre, la jardinera continuó sin cuidarse de nosotros, sus ocupaciones en la cocina y en el corral. Nos dejó calentarnos en paz, o errar libremente, de la sala al jardín y del jardín a las habitaciones.

El jardín, inundado de sol, rodeado de un pequeño muro, que le separa de las viñas, pero segado de hierbas y de legumbres y lleno de plantas parásitas, de malvas y de ortigas, se parecía a esos cementerios de los pueblos a donde los aldeanos van los domingos a calentarse a los rayos del sol de invierno, recostados en las paredes de la iglesia y con los pies extendidos sobre las tumbas de los muertos. Las alamedas, en otro tiempo enarenadas, pero ahora cubiertas por una tierra húmeda y por un musgo amarillento, mostraban también el abandono en que les había dejado la ausencia de sus huéspedes. ¡Oh! cuánto hubiéramos deseado descubrir en él una huella del pie de madame de Warens, de la época en que iba de árbol en árbol y de cepa en cepa, con la cestilla en la mano cogiendo las peras de la huerta o los racimos de la vid, bromeando con el discípulo o con el confesor! Pero no queda huella de ellos en su casa, ni de sus dueños. Su nombre, su memoria; su imagen, el sol que vieron, el aire que respiraron y que parece aún radiante con su juventud, tibio con su aliento, sonoro con su voz os envuelve con los mismos resplandores, las mismas respiraciones, los mismos sueños y los mismos ruidos que encantaron su primavera.

Veía en el recogimiento, en la fisonomía pensativa y en el silencio de Julia, que la impresión de este santuario no la afectaba menos profundamente que a mí. Huía a cada momento de mí para recogerse sola en sus pensamientos, como si temiera comunicármelos todos, entrando en la casa para calentarse, mientras yo estaba en el jardín, volviendo al jardín y sentándose en el banco de piedra del emparrado, cuando para reunirme con ella me acercaba al fuego.

Por fin, fui a encontrarla en el emparrado, las últimas hojas amarillentas de la parra colgaban próximas ya a desprenderse de sus pámpanos, dejando al sol inundarla y como vestirla con sus rayos. «¿Por qué queréis pensar sin mí? –le dije con un acento de tierno reproche–. ¿Es que yo pienso alguna vez solo? ¡Ah! –me respondió– no me creeréis, pero pienso que quisiera ser madame de Warens durante una sola estación para vos, aun cuando debiese ver pasar el resto de mis días en el abandono y mi memoria afrentada como ella, aun cuando debieseis ser tan ingrato y tan calumniador como Rousseau!

—¡Qué feliz fue! –continuó perdiéndose su mirada en el cielo como si allí hubiera buscado y entrevisto la imagen de la mujer extraña a quien envidiaba–, ¡qué feliz fue!, ¡pudo sacrificarse al ser amado!

—¡Oh qué ingratitud y qué profanación de vos misma y de nuestra felicidad! –le respondí llevándola lentamente sobre las hojas muertas, que crujían bajo nuestros pies, hacia la casa ¿Os he mostrado por una sola palabra, por una sola mirada, por un solo suspiro, que faltaba alguna cosa a mi felicidad? ¿No concebís en vuestra imaginación angelical para otro Rousseau (si la naturaleza hubiese hecho dos) más que una madame de Warens, una madame de Warens, joven virginal, pura, ángel, amante y hermana a la vez, dando su alma entera, su alma inviolable e inmortal, en vez de sus encantos perecederos, dándola a un hermano perdido y encontrado, joven, extraviado, errante también, como el hijo del relojero, en el mundo, abriendo a este hermano, en vez de su casa y de su jardín, el hogar tranquilo de su ternura, purificándole con sus rayos, lavándole de sus primeras manchas, con el agua de sus lágrimas, desengañándole para siempre de toda otra posesión que de la posesión interior, trazándole su camino en la vida, excitándole a la gloria y a la virtud y recompensándole del sacrificio, por este pensamiento, que gloria, virtud, sacrificios, todo se encuentra en el corazón de una mujer, todo se acumula, todo se multiplica en su reconocimiento, todo va a reunirse a este tesoro de ternura, que se llena aquí abajo y que no se abrirá sino en el cielo?...

Caí anonadado, hablando así con el rostro entre las manos, en una silla lejana a la suya, contra la pared. Allí estuve mucho tiempo sin decir nada. «Vámonos –me dijo ella–, tengo frío, este sitio no es bueno para nosotros». Dimos algunas monedas a la buena mujer y tomamos lentamente el camino de Chambery.

LXII

A la mañana siguiente, Julia partió para Lyon. Por la tarde, Luis... vino a vernos a la posada. Le decidí a partir conmigo para pasar algunas semanas en la casa de mi padre. Esta casa estaba en el camino de Lyon a París. Salimos juntos. Buscamos, en casa de los maestros de posta de Chambery, un pequeño simón descubierto en el cual seguir en posta el carruaje de mi amiga, hasta el pueblo en que debiéramos separarnos. Encontramos lo que queríamos.

Antes de amanecer estábamos en camino y galopábamos en silencio por las gargantas tortuosas de la Saboya que se abren en el puente de Beauvoisin, sobre las llanuras pedregosas y monótonas del Delfinado. A cada parada bajábamos del simón para ir a la portezuela del primer carruaje a enterarnos de la salud de la pobre enferma. ¡Ah! cada vuelta de las ruedas que la separaban de este manantial de vida que había encontrado en Saboya, parecía robarle los colores, volver a sus ojos y a sus facciones esa languidez y esa fiebre sorda que me habían llamado la atención, como la belleza de la muerte, la primera vez que la vi. La aproximación del momento en que debíamos dejarla, me oprimía visiblemente el corazón. Entre el Tour-du-Pin y Lyon entramos en el carruaje para distraerla durante algunas leguas. Le rogué que cantase a mi amigo, el *romance del Marinero escocés.* Lo hizo así para obedecerme. Pero a la segunda copla, en la que se cuenta el adiós de dos amantes, la conformidad de nuestra situación con la tristeza desesperada de las notas de la balada en su voz, le causó una emoción tal, que concluyó por llorar con nosotros. Echó un chal negro que llevaba como un velo sobre su cara. Mucho tiempo la oí sollozar bajo el chal. En la última parada, tuvo un desmayo que le duró hasta la puerta de la fonda en que nos apeamos en Lyon. Ayudamos a su doncella a llevarla a la cama y durante la noche se repuso. Al día siguiente, continuamos nuestro viaje hasta Macon.

LXIII

Allí era donde debíamos separarnos definitivamente. Mi amigo y yo dimos nuestras instrucciones a su postillón. Precipitamos nuestro adiós, por temor de agravar su mal prolongando las emociones dolorosas, como se desgarra con velocidad una herida cuyo grito no se quiere oír. Mi amigo partió para la campiña de mi padre, yo debía seguirle al día siguiente.

Sin embargo, apenas Luis había partido, cuando me sentí incapaz de cumplirle la palabra que le había dado.

La idea de dejar a Julia llorando y siguiendo su largo viaje en invierno, al cuidado de dos domésticos, sin saber si empeoraría y caería enferma aislada en alguna posada y si acaso moriría llamándome en vano, no me dejaba reposar. Yo no tenía dinero. El buen anciano que me había prestado los veinticinco luises había muerto durante mi ausencia. Cogí mi reloj, una cadena de oro que me había regalado tres años antes una amiga de mi madre, algunos dijes, mis charreteras, mi sable, los galones de plata de mi uniforme, lo puse todo en un pañuelo y lo llevé a casa del joyero de mi madre, que me dio treinta y cinco luises por todos mis despojos.

Desde allí corrí a la posada en que dormía Julia. Hice llamar a su postillón, le dije que yo acompañaría de lejos el carruaje hasta las puertas de París, pero que no quería que su señora lo advirtiese, por temor de que se opusiese por consideración a mí. Le pedí el nombre de los pueblos y el de las fondas, en que pensaba detenerse y bajar en el camino, a fin de detenerme en los mismos pueblos, aunque bajaría en otros hoteles. Por adelantado recompensé con largueza su discreción. En la casa de postas retuve caballos, corrí y partí media hora después de haber visto ponerse en marcha el carruaje que quería seguir.

LXIV

Ningún obstáculo imprevisto vino a contrariar la vigilancia secreta que yo quería ejercer sobre el carruaje que quería seguir. El postillón advertía secretamente a los zagales de las casas de postas la aproximación de un segundo vehículo para cuyo servicio pedía dos caballos. Así es que a mi llegada encontraba los relevos preparados en las paradas. Apresuraba o acortaba el paso según quería alejarme o sacar delantera al carruaje que corría entre la bruma o al sol, llevándose mi felicidad.

Mi pensamiento adelantaba la carrera de los caballos, se lanzaban al carruaje y contemplaba a Julia dormida soñando conmigo o velando y llorando al recuerdo de nuestros bellos días pasados.

Cuando cerraba los ojos para verla mejor en mí mismo, creía oír su respiración. Apenas comprendo ahora cómo tuve bastante dominio sobre mí para resistir, durante un viaje de ciento veinte leguas al deseo interior que me precipitaba sin cesar hacia este carruaje detrás del cual corría sin querer alcanzarle y en el que toda mi alma iba encerrada, mientras que mi cuerpo solo, insensible a la nieve y a la lluvia helada, seguía zarandeado de vaivén en vaivén y de escarcha en escarcha, sin darse cuenta de sus propios sufrimientos. Pero el temor de causar a Julia una emoción inesperada que le fuese fatal, de renovar una escena de adioses desgarradores, la idea de velar así, como una providencia amorosa con un desinterés angelical, por su seguridad, me sostenían en mi resolución.

LXV

La primera vez bajó en el gran hotel de Autun, yo lo hice en una posada del arrabal próximo.

Antes de amanecer, los dos carruajes, uno a la vista de otro corrían de nuevo por la larga línea ondulosa y blanca que traza el camino, a través de las estepas del suelo gris y de los bosques de encinas druídicas de la alta Borgoña. Nos detuvimos en el pueblecillo de Avallon, ella en el centro, yo en un extremo del pueblo. Al día siguiente, rodábamos hacia Sens.

La nieve acumulada por los vientos del Norte alrededor de las altas y áridas mesetas de Lucy-le-Bois y de Vermaton, caía en grandes copos medio líquidos sobre las montañas y sobre el camino y acallaba el ruido de las ruedas. Apenas si se distinguía el horizonte brumoso a algunos pasos delante de sí a través de esta polvareda de nieve, que el viento levantaba en torbellinos. No se podía medir, ni por el oído ni por la vista, la distancia entre los dos carruajes.

De repente vi delante de mí, bajo la cabeza de mis caballos, al carruaje de Julia detenerse en medio del camino. El postillón bajó de su asiento, estaba de pie sobre el estribo, dando gritos y haciendo gestos de angustia. Salté a tierra, volé a la portezuela y con un primer movimiento, más fuerte que mi prudencia me lancé al interior del carruaje, la doncella se esforzaba por hacer volver a su señora de un desmayo causado por la fatiga y por el huracán, quizá también por el estado tumultuoso de su corazón. Lo que yo sentí sosteniendo así entre mis brazos aquella cabeza adorada, toda una hora larga, deseando y temblando a la vez que oyese y no reconociese mi voz, mientras el postillón iba a buscar fuego y agua caliente a unas cabañas lejanas y la doncella, teniendo sobre sus rodillas los pies helados de su señora, les frotaba con sus manos y los apretaba contra su pecho para hacerlos entrar en calor, nadie puede concebirlo ni menos decirlo a no haber sentido la muerte y la vida combatir así en su corazón.

Al fin, estos tiernos cuidados, la impresión de mis manos sobre las suyas, de mi aliento sobre su frente, llamaron el calor a las extremidades. Los colores que subían a sus mejillas y un débil y prolongado suspiro que se escapó de sus labios me anunciaron que iba a volver de su desmayo. Me salí del carruaje a la carretera para que no me conociese al abrir los ojos.

Permanecí un momento cerca de las ruedas, un poco detrás con el rostro tapado con la capa. Encargué a los criados que no dijesen que me habían visto, y me contestaron por señas que la viajera volvía en sí. Oí su voz que balbuceaba estas palabras como en un sueño: «¡Oh! si Rafael hubiese estado aquí! He creído que era Rafael!». Subí a mi coche. Los caballos partieron y en breve nos separó una gran distancia. Por la tarde fui a la posada donde había parado en Sens a informarme de su estado. El postillón me aseguró que se había mejorado y que dormía tranquilamente.

LXVI

Seguí su camino hasta Fossard, parada de postas cerca del pueblecito de Montereau. En este punto se bifurca el camino de Sens a París pasando un ramal por Fontainebleau y otro por Melun y como éste es el más corto en algunas leguas, le seguí pensando adelantar a Julia algunos momentos y verla bajar del coche en París a la puerta de su casa. Doblé las propinas de los postillones y llegué mucho antes de la noche al hotel en que tengo costumbre de parar en París.

Así que cayó la noche fui a apostarme enfrente de aquella casa que Julia me había descrito tantas veces: la conocí como si hubiese pasado en ella mi vida. Vi en el interior a través de los vidrios el movimiento de sombras que van y vienen en una casa en que se espera a un huésped extraordinario. Descubrí en el techo de su cuarto el resplandor de la lumbre de la chimenea. Un viejo se aproximó varias veces a la ventana; parecía que miraba y escuchaba los ruidos de la calle. Era su marido o su padre. El portero tenía la puerta abierta y salía también de cuando en cuando, fuera del umbral a mirar y escuchar. Un farol combatido por el viento tempestuoso de diciembre, extendía y retiraba alternativamente un resplandor rápido y pálido sobre el suelo.

Al fin, desembocó rápidamente un coche de camino por una de las calles y vino a pararse debajo de las ventanas de la casa. Corrí, me cubrí con la sombra de una columna, muy cerca del carruaje, vi salir a los criados a la portería y bajar a Julia, cayendo en los brazos de un anciano que la abrazó como un padre que abraza a su hija después de una larga ausencia. Después subió lentamente las escaleras apoyada en el brazo del portero. Descargaron el coche, le llevaron a otra parte y se cerró la puerta. Yo volví a mi sitio cerca del parapeto del río.

LXVII

Contemplé algún tiempo las ventanas iluminadas por las luces, tratando de averiguar lo que pasaba en el interior. Veía ese movimiento ordinario de gente que lleva las maletas, que desata los bultos, que coloca los muebles a la llegada de un viajero. Cuando se paró este movimiento y las luces dejaron de pasar de una pieza a otra y el cuarto del anciano se iluminó con una media luz propia de una lámpara de noche, vi a través de los cristales del entresuelo la estatura elevada y flexible de Julia, que se dibujaba como una sombra, inmóvil un momento, sobre las cortinas blancas. Permaneció algún tiempo en esta actitud: luego abrió la ventana, a pesar del frío, y miró al Sena por donde yo estaba, como si sus ojos hubiesen sido guiados por una revelación sobrenatural del amor. Después se volvió y miró fijamente hacia el Norte una estrella que teníamos costumbre de mirar juntos, y que nos habíamos prometido mirar cada uno en nuestra ausencia como para dar cita a nuestras almas en la inaccesible soledad del firmamento.

Sentí aquella mirada como si hubiese caído en mi corazón un ascua. Comprendí que nuestras almas estaban unidas en el mismo pensamiento. Mi resolución desapareció. Me lancé para atravesar la calle, para acercarme a ella, para dar un grito que la hiciese conocer a su hermano a sus pies. En aquel momento cerró la ventana. El ruido de los coches ahogó mi grito. Se apagó la luz en el entresuelo y quedé inmóvil en medio de la calle. El reloj de un edificio próximo día la medianoche. Me acerqué a la puerta, la besé convulsivamente, sin atreverme a llamar, me arrodillé en el umbral, rogué a la piedra de guardara el supremo bien que acababa de traerles y me alejé.

LXVIII

Al día siguiente, partí de París sin ver a ninguno de mis amigos y feliz interiormente de no haber tenido ni una palabra, ni una mirada, ni un paso que no fuese para ella. El resto del mundo no existía para mí. Sólo antes de partir eché al correo una carta, fechada en París y dirigida a Julia. Debía recibirla al despertar. La carta no contenía más que estas palabras: «Os he seguido. He velado invisible por vos. No he podido abandonaros antes de dejaros confiada a los cuidados de los que os aman. Ayer a medianoche, cuando abristeis la ventana y suspirasteis mirando la estrella, yo estaba allí. Hubierais podido oír mi voz. Cuando leáis estas líneas estaré muy lejos!...».

LXIX

Viajé día y noche con tal aturdimiento que no sentí el hambre, ni el frío, ni el cansancio, llegué a M*** como si saliese de un sueño y casi sin acordarme de haber estado en París. Encontré a mi amigo Luis... que me esperaba en la casita de campo de mi padre. Su presencia me agradó. A lo menos podía hablarle de ella sabiendo que le admiraba casi tanto como yo. Dormíamos en el mismo cuarto, y gran parte de la noche hablábamos de ella. No estaba menos deslumbrado que yo. La consideraba como una de esas ilusiones fantásticas, como una de esas mujeres más que las otras, como la Beatriz del Dante, la Leonor del Tasso, la Laura del Petrarca o la Victoria Colonna, poetisa, amante y heroína a la vez, figuras que pasan por la tierra, casi sin tocarla y sin detenerse en ella, solamente para fascinar las miradas de algunos hombres privilegiados del amor para arrastrar sus almas a aspiraciones inmortales y para ser el *sursum corda* de imaginaciones celestes.

LXX

En cuanto a Luis, no se atrevía a llevar su amor tan adelante como su entusiasmo. Su corazón tierno, delicado y herido desde muy temprano estaba ocupado con la imagen de una pobre y piadosa huérfana de su familia. Su felicidad hubiese consistido en casarse con ella para vivir en la paz y la oscuridad en una casita de las cercanías de Chambery. La falta de fortuna de ambos amantes los contenía en los límites de una triste y tierna amistad ante el temor de llevar el nombre de su familia a la indigencia y legar la miseria a sus hijos. La joven murió algunos años después en desesperación y soledad. Fue una de las figuras más dulces que yo he visto apagarse por falta de algunos rayos de la fortuna. Su rostro en que se descubría el resto de una juventud hermosa tan dispuesta a florecer de nuevo como a marchitarse, era la imagen más graciosa y melancólica de esa virtud de la desgracia que se llama resignación.

Se quedó ciega de tanto llorar en secreto durante sus años de esperanza e incertidumbre. La encontré una vez al volver a Italia. La guiaba de la mano una de sus hermanitas en las calles de Chambery. Cuando oyó mi voz palideció y buscó a tientas un apoyo: «Perdón –me dijo–, es que cuando oía esta voz en otro tiempo, oía otra con ella...». ¡Pobre joven! Hoy oirá en el cielo la de su amigo.

LXXI

¡Qué largos fueron los dos meses que pasé lejos de Julia en el campo o en el pueblo en la casa de mi padre, antes de que llegara la época de volver a verla en París! Yo había agotado en los tres o cuatro meses que acababan de pasar la pensión que me daba mi padre, los secretos recursos de la ternura de mi padre, el bolsillo de mis amigos para pagar las deudas, que la disipación, el juego, los viajes, me habían hecho contraer. No tenía medio alguno de procurarme la pequeña cantidad necesaria para ir a París y para vivir allí aun en el retiro y la pobreza. Me era preciso esperar el término de un trimestre de la pensión, época también en que mi tío rico, pero severo, y algunas tías viejas, buenas, pero prudentes, tenían costumbre de hacerme algunos donativos. Esperaba, con todos estos recursos, reunir seiscientos u ochocientos francos, suficientes para vivir en París algunos meses. Esta economía no hería mi vanidad, porque mi vida estaba resumida en mi pensamiento. Todas las riquezas del mundo no hubiesen bastado para comprar el momento del día que aspiraba a pasar cerca de ella!

LXXII

Estos días de espera estuvieron llenos de su recuerdo. Nos habíamos consagrado todas las horas del día. Por la mañana al despertar se encerraba para escribirme y a la misma hora la escribía yo. Nuestras cartas y nuestros pensamientos se cruzaban, se preguntaban, se respondían, se confundían en el camino sin interrupción de un solo día. No había verdaderamente más que unas horas de ausencia entre nosotros, las de la tarde y la noche.

Y yo las llenaba con su contemplación. Me rodeaba de sus cartas, las abría sobre mi mesa, las sembraba sobre mi lecho las aprendía de memoria; me decía a mí mismo sus párrafos más apasionados y penetrantes, poniendo en ellos su voz, su acento, su gesto, su mirada: la respondía y llegaba a producir de este modo en mí una ilusión de la realidad de su presencia que estaba. triste e impaciente cuando me interrumpían la comida o las visitas. Me parecía que la llevaban o la echaban de mi cuarto.

En mis largos paseos por las montañas o por las brumosas praderas sin horizonte que limitan el río, llevaba siempre su carta de la mañana. Me sentaba muchas veces en las rocas a la orilla del agua para volver a leerla, y cada vez que la repasaba descubría una palabra o un acento que se me había escapado. Me acuerdo de que dirigía siempre maquinalmente mis pasos hacia el Norte, ¡porque cada paso que daba hacia París me parecía que me aproximaba a ella y disminuía la distancia que nos separaba!

Algunas veces iba muy lejos por el camino de París con esta intención. Cuando tenía que volver, luchaba conmigo mismo. Me entristecía y volvía hacia aquel punto del horizonte en que ella respiraba. Además, andaba más lentamente y con más cansancio.

¡Oh! ¡Cómo envidiaba las alas de los cuervos cargadas de nieve que volaban hacia el Norte, a través de la bruma! ¡Oh! ¡Cuánto daño me hacían los carruajes que pasaban corriendo hacia París! ¡Cuántos días de una juventud inútil no hubiera yo dado por ser uno de esos viejos desocupados que miraban distraídos por los cristales de las portezuelas a un hombre solitario marchando contra su corazón por la orilla del camino! ¡Oh! ¡Qué interminables me parecían los cortos días de diciembre y enero!

No tenía más que una hora buena entre tantas horas; aquella en que oía desde mi cuarto los pasos, la carraca y la voz del cartero que distribuía el correo. Desde que le oía abría mi ventana, le descubría desde el fondo de la calle, subiendo con las manos llenas de cartas, que iba dando a las criadas y esperando el porte en cada casa. Maldecía la pesadez de aquellas buenas mujeres que jamás acababan de contar los cuartos en sus manos. Antes que el cartero llamase a la puerta de mi padre ya había yo bajado la escalera atravesando el vestíbulo y llegando palpitante al umbral. Mientras que aquel viejo manejaba las cartas yo trataba de descubrir el sobre de fino papel de Holanda y la letra inglesa y elegante que me revelaban mi tesoro entre todos aquellos papeles groseros y bastas cartas que contenían asuntos de comercio o bagatelas. La cogía temblando, se me nublaban los ojos, latía mi razón y flaqueaban mis piernas. Ocultaba la carta temeroso de encontrar alguno en la escalera y de que una correspondencia tan constante pareciese sospechosa a mi madre.

Corría a mi cuarto y echaba el cerrojo para devorar a placer aquellas páginas sin ser interrumpido. ¡Qué de lágrimas, de besos, de mordiscos daba al papel! ¡Ah! ¡cuando después de tantos años he vuelto a abrir este volumen de cartas, cuántas palabras borradas por mis labios hacían ininteligibles las frases que mi llanto o mi pasión habían borrado o roto!

LXXIII

Después del almuerzo subía a mi cuarto para volver a leer mi carta y contestarla. Éstas eran las horas más deliciosas y febriles del día. Cogía cuatro pliegos del papel más grande y más fino de Holanda. Julia me lo había enviado de París para esto: cada página empezaba muy arriba y concluía muy abajo: escribía en los márgenes y además escribía cruzando los renglones, contenía millares de palabras. Todas las mañanas llenaba estos pliegos y pronto me parecían pequeños para el desbordamiento tumultuoso y apasionado de mis pensamientos.

No había en estas cartas ni principio ni fin, ni medio, ni

gramática, ni nada de lo que se entiende ordinariamente por estilo. Allí estaba mi alma desnuda delante de otra alma, expresando o balbuceando como podía los tumultuosos sentimientos que la llenaban por medio de un lenguaje insuficiente a los hombres. Este lenguaje no está hecho para expresar lo inexpresable: signos imperfectos, palabras vacías, palabras huecas, lengua de hielo que fundía la plenitud, la concentración y el fuego de nuestra alma, como un metal refractario para formar otra lengua vaga, etérea, deslumbrante, que acariciaba como lenguas de llama, que no tenía sentido para nadie, y que nosotros solos entendíamos, porque estaba hecha para nosotros solos.

Nunca se aminoró, ni se enfrió esta efusión de mi alma. Si el firmamento no hubiese tenido más que una página y Dios me hubiese dicho que la llenase con mi amor, esta página no habría podido contener todo lo que yo sentía dentro de mí. No me detenía sino cuando los cuatro pliegos estaban llenos y siempre me parecía que no había dicho nada. Y en efecto no había dicho nada, porque ¿quién puede decir lo infinito ?

LXXIV

Estas cartas en que yo no ponía ninguna miserable pretensión de talento y que no eran una obra sino un placer, me hubieran servido maravillosamente más tarde si Dios me hubiera destinado a hablar a los hombres o a pintar las nubes.

La languidez y el furor de las pasiones del alma en obras de imaginación. Puedo decir que luchaba desesperado y como Jacob con el ángel, contra la pobreza, la rigidez y la resistencia de la lengua de que tenía que valerme en la imposibilidad de usar la del cielo. Los esfuerzos sobrenaturales que hacía para vencer, expresar, plegar, espiritualizar, colorear, inflamar los pensamientos; la necesidad de decir con las palabras los más íntimos y más delicados matices del sentimiento, las aspiraciones más ideales, los impulsos más irresistibles y la castidad más contenida de una pasión y, en fin, las miradas, las actitudes, los suspiros, el silencio, la languidez, el anonadamiento; estos esfuerzos, digo, que rompían la pluma en mis dedos como un instrumento rebelde, le hacían encontrar algunas veces la palabra, la frase, el grito que buscaba para dar una voz a lo imposible. No hablaba ninguna lengua, pero escribía con los gritos de mi corazón y era entendido. Cuando me levantaba de mi silla después de este rudo y delicioso combate contra las palabras, la pluma, el papel, me acuerdo que a pesar del frío de mi cuarto en el invierno, corría el sudor helado por mi frente y abría la ventana para refrescarme y secar mis cabellos.

LXXV

Pero estas cartas no eran solamente gritos de amor, eran también con frecuencia invocaciones, contemplaciones, perspectivas sobre el porvenir, perspectivas sobre el cielo, consuelos y oraciones.

Este amor, privado por su naturaleza de todas las presencias que cautivan el corazón, había abierto en mí de nuevo los gérmenes piadosos, turbados o marchitos por los viles placeres. Trataba de llevar conmigo hasta el cielo, en alas de mi imaginación exaltada y casi mística, esta segunda alma paciente y desgraciada. Hablaba de Dios, único ser perfecto capaz de haber creado esta perfección sobrehumana, único ser bastante grande para contener la inmensidad de nuestras aspiraciones, único ser bastante infinito y bastante inagotable para absorber y abismar en el foco de su seno, el sentimiento que había encendido entre nosotros para que su fuego, consumiéndonos a cada uno por el otro, nos hiciese exhalar nuestras almas en él.

Yo consolaba a Julia de los sacrificios a que el deber nos obligaba y le hacía ver el mérito de esos sacrificios de un momento a los ojos del eterno remunerador de nuestras acciones. Bendecía la pureza y el desinterés de nuestro afecto, porque debían conseguir una felicidad más angelical en la eterna atmósfera de los espíritus puros.

Llegaba hasta llamarme feliz y a cantar himnos a la resignación a que estábamos condenados por un amor inmenso. Pedía a Julia que no pensase en mis penas y que tampoco las tuviera ella. Le mostraba un valor, un desprecio de la felicidad terrena, que algunas veces sólo tenía en las palabras. La hacía el holocausto de todo lo que había de humano en mí. Me elevaba a lo inmaterial para que ella no sospechase un dolor o una queja en mi adoración. La suplicaba que buscase en una religión tierna y bienhechora, en las sombras de las iglesias, en la fe misteriosa de Cristo, al Dios de las lágrimas, en la oración la esperanza, el consuelo y la dulzura que yo mismo había gozado en mi infancia.

Me había dado de nuevo al sentimiento de la piedad. Componía para ella esas oraciones ardientes y tranquilas que suben al cielo como una llama que no hace vacilar ningún viento. Le decía que repitiese estas oraciones a ciertas horas del día y de la noche y que yo las repetiría también para que nuestros dos pensamientos unidos por las mismas palabras se elevasen juntos a la misma hora ¡a una misma región!...

Después lo humedecía todo con mis lágrimas, que dejaban su huella sobre las palabras, más elocuentes y más recogidas sin duda que las palabras mismas.

Iba a echar ocultamente al correo esta médula de mis huesos y me sentía consolado al volver como si me hubiese quitado una parte del peso de mi propio corazón.

LXXVI

Pero cualesquiera que fuesen mis continuos esfuerzos y la perpetua tensión de mi imaginación joven y brillante para quemar mis cartas en el fuego que me consumía, para crear una lengua a mis suspiros y para hacer atravesar a mi alma, derramada en el papel, la distancia que la separaba de la suya en esta lucha contra la impotencia de las expresiones, siempre era vencido por Julia.

Sus cartas tenían más acento en una frase que las mías en todas sus páginas: se respiraba su aliento en las palabras, se veía su mirada en los renglones, se sentía el calor de sus labios en las frases en que se expresaba. Nada se evaporaba de ella en aquella pesada y lenta transmisión del sentimiento a la palabra, que deja enfriar y palidecer la lava del corazón bajo la pluma del hombre. La mujer no tiene estilo; por esto lo dice todo tan bien. El estilo es un vestido. El alma está desnuda en la boca o en la pluma de la mujer. Como la Venus de la espuma del mar, sale de la palabra y del sentimiento en toda su desnudez. Nace de sí misma, se asombra de haber nacido y se la adora cuando aún no se sabe que ha hablado.

LXXVII

—¡Qué cartas!, ¡qué llamas!, ¡qué matices!, ¡qué acentos!, ¡qué fuego y qué pureza mezclados, como el fulgor y la pureza en el diamante, como el ardor y el pudor en la frente de la doncella que ama! ¡qué fuerte sencillez!, ¡qué efusión inagotable!, ¡qué repentinos delirios en la languidez!, ¡qué cantos!, ¡qué gritos!, ¡y después qué tristes recuerdos como notas inesperadas al fin de un aria!, ¡qué caricias de palabras que se sentían pasar sobre la frente, como esas brisas de la mar jugando sobre el rostro de un niño que sonríe!, ¡qué mecimiento voluptuoso de palabras a media voz y de frases delirantes y balbucientes que parece le rodean a uno de rayos, de murmullos, de perfumes, de calma y le conducen insensiblemente al reposo del amor, al sueño del alma hasta el beso sobre la página que dice: Adiós, adiós; y un beso que se recoge sin ruido como ha sido depositado por los labios.

LXXVIII

He encontrado todas estas cartas. He hojeado página por página, toda esta correspondencia, ordenada y encuadernada cuidadosamente después de la muerte, por la mano de una piadosa amistad, correspondiéndose una carta con otra, desde el primer billete hasta la última palabra, escrita por una mano cogida ya por la muerte, pero sentida aún por el amor. Las he vuelto a leer y las he quemado llorando, cerrándome como para cometer un crimen, disputando veinte veces a la llama una página medio consumida, ¡para leerla una vez más! Las he quemado porque su misma ceniza era demasiado ardiente para la tierra y la he arrojado a los vientos del cielo!

LXXIX

Llegó por fin el día en que pude contar las horas que me separaban de Julia. Todos los recursos que pude allegar me bastaban para vivir tres o cuatro meses en París. Mi madre que veía mi angustia, sin saber el verdadero motivo, sacó del último de sus estuches, ya vacíos por su ternura, una sortija con un gran diamante: lo único ¡ay! que le restaba de las alhajas de su juventud, y me lo puso en la mano llorando.

—Padezco tanto como tú, Rafael –me dijo con triste aspecto–, al ver tu juventud que se consume en la ociosidad de una aldea o en paseos por el campo. Esperaba que los dones de Dios que he bendecido en ti, desde tu infancia, te hiciesen notable y te abriesen una carrera de fortuna y de honor. La pobreza con que luchamos no nos permite abrírtela nosotros mismos. Dios no lo ha querido hasta aquí. Es preciso someterse con resignación a su voluntad, que es siempre lo mejor. Parte, pues que el suelo de este país te abrasa los pies. Vive algún tiempo en París. Llama con reserva y con dignidad a las puertas de los antiguos amigos de la familia que tienen hoy posición. Hazles conocer el talento que la naturaleza y el trabajo te han dado. Es imposible que los jefes del nuevo gobierno no traten de atraerse a los jóvenes capaces, como tú serás, de servir y sostener el reinado de los príncipes que Dios nos ha dado. Tu pobre padre tiene bastante con educar seis hijos y no descender de su rango en nuestra vida rústica. Tus demás parientes son buenos y tiernos; ¡pero no quieren comprender que es preciso aire para respirar y acción para la devoradora actividad de un alma de veinte años! Aquí tienes mi última alhaja. Había prometido a mi madre no separarme de ella sino en una necesidad extrema. Tómala, véndela y que te sirva para vivir en París algunas semanas más. Es el último gaje de ternura que pongo por ti a la lotería de la Providencia. Te dará fortuna porque pongo en este anillo toda mi ternura, mis oraciones y mi solicitud para ti.

Cogí el anillo besando la mano de mi madre y dejando caer una lágrima sobre el diamante. ¡Ah! No me sirvió para proporcionarme o esperar el favor de los hombres poderosos y de los príncipes, que se apartaban de mi oscuridad, pero me sirvió para vivir tres meses de la vida del corazón, en que un solo día vale por siglos de ambiciones. Este diamante sagrado fue para mí la perla de Cleopatra, fundida en la copa de mi vida y que me dio algún tiempo amor y felicidad!

LXXX

Cambié, sin embargo, de vida en aquel momento por respeto a los multiplicados sacrificios de mi madre y por la concentración de todos mis pensamientos en uno solo, en el de ver a la que amaba y prolongar lo más posible, con la mayor economía, los días que iba a pasar cerca de Julia. Me hice calculador y avaro como un viejo. Me parecía que cada cuarto que gastaba era una hora de mi inmortalidad o una gota de mi vida. Resolví vivir como Juan Jacobo Rousseau, de nada o de poco, economizar en vanidad, en trajes, en alimentos, todo lo quería dar a la santa embriaguez del alma.

Sin embargo, no dejaba de tener cierta esperanza confusa de sacar, para mi amor, partido de mi talento, que sólo se había dado a conocer a mis amigos por algunos versos. En los tres meses últimos había escrito en horas de insomnio un tomito de poesías amorosas, meditativas, piadosas, según que la imaginación cantara en mí sus notas tiernas o sus notas graves. Había copiado con mi mejor letra esta colección y había leído parte a mi padre, excelente y severo juez. Algunos amigos retenían fragmentos en su memoria. Había encuadernado mi tesoro poético y se lo había ocultado a mi madre, cuya casta y austera pureza se hubiese alarmado al notar el gusto más antiguo que cristiano de algunas elegías. Esperaba que la sencilla gracia y el elevado entusiasmo de estas poesías seducirían a algún editor inteligente que las compraría y consentiría, por lo menos, en imprimirlas a su costa, y que el público, impresionado por la novedad de un estilo nacido entre los bosques, me daría a la vez una pequeña fortuna y un nombre.

LXXXI

No tenía que pensar en buscar alojamiento en París. Un amigo mío, el joven conde de V... que acababa de hacer un viaje debía pasar allí el invierno y la primavera y me había ofrecido compartir conmigo un pequeño entresuelo, encima de la portería en el magnífico hotel del mariscal de Richelieu, calle Nueva de San Agustín, hotel medio demolido después.

El conde V... con quien yo estaba en correspondencia casi diaria lo sabía todo. Le había dado una carta de presentación para Julia a fin de que conociese al alma de mi alma y que comprendiese, si no mi delirio, a lo menos mi adoración a aquella mujer.

Desde el primer momento había comprendido y casi sentido mi entusiasmo. Las cartas que me escribía respiraban respeto y casi veneración para aquella aparición melancólica suspendida entre la muerte y la vida, pero detenida, me decía él, por el amor inefable que me tenía.

No cesaba de hablarme de ella como de un don celeste que Dios me hubiese hecho y que me elevaría por encima de la humanidad mientras estuviese cubierto con su divina radiación.

Convencido de la naturaleza santa de nuestro afecto, V... consideraba nuestro amor como una virtud y no se avergonzaba de ser el confidente y el intermedio entre nosotros. Julia por su parte me hablaba de V... como de un amigo digno de mí, para quien hubiese querido aumentar mi amistad en vez de disminuirla por una pequeña envidia del corazón. Ambos me apremiaban a que fuese.

V... sólo conocía los motivos secretos y la imposibilidad material que me habían retenido. A pesar de todo su cariño, que tanto me ha demostrado después hasta su muerte en las dificultades de mi vida, no podía entonces quitar estos obstáculos. Su madre se había arruinado por darle una educación digna de su posición y por hacerle viajar por toda Europa. Volvía además lleno de deudas. No podía ofrecerme en París más que un rincón en el cuarto que le pagaba su familia. Por lo demás estaba entonces tan pobre y tan encadenado como yo por esa presión tan cruelmente definida por Juvenal: *¡Res angusta domi!*

LXXXII

Salí de Milly en uno de esos carruajes de un caballo, formados por una tabla sobre el eje y cuatro palos en los extremos que sostenían un toldo de tela embreada contra la lluvia. El caballo se relevaba cada cuatro o cinco leguas de aldea en aldea. Servían entonces para llevar de Lyon a París los albañiles del Borbonés y de la Auvernia, a los viajeros cansados del camino y a los pobres soldados estropeados en algún pie en las marchas, y ganaban una etapa por algunos cuartos.

No sentí ni vergüenza, ni incomodidad por esta trivial manera de viajar. Hubiese ido con los pies descalzos sobre la nieve y no me habría creído ni menos altivo ni menos feliz. Así economizaba uno o dos luises con que comprarle días de felicidad.

Llegué a la barrera de París sin haber sentido ni una piedra del camino. La noche era sombría, llovía a cántaros. Me eché mi equipaje al hombro y fui a llamar a la puerta de la modesta habitación del conde V...

Me esperaba: me abrazó, me habló de ella y no me cansaba de preguntarle y oírle. ¡Aquella misma noche vería a Julia!... V... iría a anunciarla mi llegada y a preparar su alegría.

Cuando todo el mundo hubiese salido del salón de Julia, V... saldría el último, vendría a buscarme a un café y yo iría a echarme a sus pies.

Sólo después de haber convenido en todo esto pensé en secar mi ropa al fuego y tomar algún alimento y en instalarme en la sombría alcoba de la antecámara, que estaba iluminada por una claraboya y templada por una estufa. Me vestí con una decencia que no avergonzase a la que amaba ante sus amigos.

A las once salimos a pie. Fuimos juntos hasta su ventana que yo ya conocía. Había tres coches a la puerta. V... subió y yo fui a esperarle al sitio convenido. ¡Qué larga fue la hora que tardó! ¡Cuánto maldije a aquellas visitas indiferentes cuya importunidad involuntaria para emplear horas ociosas, suspendía sin saberlo el impulso de dos corazones que contaban sus martirios por sus latidos! Al fin V... pareció. Me lancé detrás de él. Me dejó a la puerta y subí.

LXXXIII

Viviré mil veces, mil años sin olvidar un momento de aquella escena.

Julia estaba de pie a la luz, apoyada con el codo en el mármol blanco de la chimenea: su elevada estatura, sus hombros y su perfil reflejados por el espejo, con el rostro vuelto hacia la puerta, los ojos fijos en un pequeño corredor oscuro que precedía al salón, la cabeza un poco inclinada, en la actitud de quien trata de oír el ruido de pasos que se acercan. Estaba vestida con una bata de seda negra, con encajes negros, también alrededor del cuello, en el talle y en la falda. Estos encajes arrugados por los cojines del sofá en que la retenían la indolencia y languidez de su vida parecían esos racimos negros desgranados por el viento del otoño.

La oscuridad del traje no dejaba a la luz más que los hombros, el cuello y el rostro. El luto del vestido se completaba con el de sus cabellos negros, anudados sobre su cabeza. La uniformidad de color hacía destacarse mejor la forma y flexibilidad de su talle. Los reflejos de la chimenea en el espejo, el resplandor de una lámpara colocada sobre un ángulo de la chimenea y que hería su rostro, la animación de la esperanza, de la impaciencia, extendían sobre su rostro una claridad de juventud, de calor de vida que parecía una transfiguración hecha por el amor.

LXXXIV

Mi primera palabra fue un grito de alegría y un sobrecogimiento de felicidad al encontrarla más bella, más animada y más inmortal a mis ojos de lo que yo la había visto en mis delirios en

Saboya. Su aspecto hizo llegar a mi corazón un sentimiento de seguridad engañosa y de eterna posesión. Ella trató de balbucear algunas palabras al verme y no pudo. La emoción hizo temblar sus labios. Yo caí a sus pies y puse mi boca sobre el tapiz que hollaban. Después levanté la frente para mirarla y asegurarme de que su presencia no era un sueño. Puso una mano sobre mis cabellos, que se estremecieron, y con la otra se apoyó en el ángulo de la chimenea, cayendo también de rodillas ante mí.

Nos mirábamos: buscábamos palabras, pero no las había para el exceso de nuestra felicidad. Permanecimos mudos sin más lenguaje que ese silencio y esa prosternación de uno ante otro. Prosternación llena de adoración en mí, de felicidad contenida en ella; actitud que decía: «Se adoran, pero hay entre ellos un fantasma o un deber».

LXXXV

No sé cuántos minutos pasamos así, ni cuántos miles de preguntas y respuestas, de olas de lágrimas y de alegrías pasaron sin decirse entre sus labios mudos y los míos cerrados, entre sus ojos húmedos y los míos, entre su fisonomía y la mía. La felicidad nos había dejado inmóviles. El tiempo no existía: era la eternidad en un instante.

De pronto, resonó un aldabazo a la puerta, se oyeron pasos en la escalera y yo me levanté. Ella volvió temblando a su sitio en el sofá y yo me senté al otro lado en la sombra para cubrir el encarnado de mis mejillas y el rocío de mis lágrimas.

Un hombre de edad avanzada, de imponente estatura, de rostro noble y sereno, entró con paso lento, se aproximó sin hablar al sofá y besó paternalmente la mano temblorosa de Julia. Era

M. de Bonald. A pesar de la ruptura del éxtasis causada por el desconocido, yo bendije interiormente a aquel ser extraño que venía a cortar una primera mirada en que la razón podía sucumbir bajo la embriaguez. Era uno de esos momentos en que el alma tiene necesidad de ese hielo que el acento de un hombre prudente echa sobre el incendio del corazón para dar nueva fuerza al resorte de una resolución.

LXXXVI

Julia me presentó a M. de Bonald, como el poeta cuyos versos había leído. Se asombró de mi juventud y me acogió con indulgencia. Habló con Julia con ese abandono paternal de un hombre ilustre por su genio, e imponente por su edad, que busca al lado de una joven un rayo de belleza distraído para sus ojos y las horas tranquilas del fin del día. Su voz era profunda como una voz que viene del alma: su conversación tenía esa calma graciosa y grave, que se detiene para descansar. Su acento era semejante en sus palabras, a su carácter en su frente. La conversación se prolongaba, y cuando el reloj iba a señalar la medianoche, yo creí que debía salir el primero para disipar toda sombra de sospecha, de una familiaridad demasiado íntima, a este amigo más respetable y más antiguo que yo en la casa.

No me llevaba más que una mirada y un silencio en premio de tan larga espera y tan duro viaje. Pero me llevaba una imagen y la certidumbre de volver a verla todos los días: era bastante; era demasiado.

Anduve errante largo rato por las calles de París, abriendo mi capa al aire y mis labios al viento para refrescar mi pecho y calmar la fiebre de felicidad que me agitaba. Cuando volví, V... dormía hacía mucho tiempo; yo no pude dormirme sino con las primeras claridades de la mañana y con los gritos de los vendedores de las calles.

LXXXVII

Aquellos fueron los días más inmutables de mi vida, porque no fueron más que un pensamiento recogido en mi alma y hasta en mi fisonomía, como un perfume de que se teme se evapore un átomo, exponiendo el vaso al aire.

Me levantaba con la primera luz del día, tardío en la sombría alcoba de la antecámara en que mi amigo me había dado asilo como a un mendigo del amor. Empezaba el día por una larga carta a Julia, siguiendo en ella la conversación de la víspera, y diciéndole los pensamientos que se me habían ocurrido después de la anterior: Tiernos olvidos, deliciosos remordimientos del amor, de que se acusa, y que no perdona hasta que los ha reparado; diamantes caídos de los ojos o de los labios del objeto amado, que hacen retroceder el pensamiento para recogerlos y aumentar el tesoro de los sentimientos.

Julia recibía esta carta al despertar, como una continuación de la conferencia de la víspera, pronunciada en voz baja en su cuarto durante su sueño; y yo recibía la respuesta antes del mediodía.

LXXXVIII

Mi corazón, apaciguado así de la turbación de la noche, volvía a inquietarse con la impaciencia de la entrevista de la tarde.

Procuraba fuertes diversiones no a mi alma, sino a mi pensamiento y a mis ojos. Me había impuesto largas horas de lectura, de estudio y de trabajo, para hacer desaparecer al tiempo entre la hora en que dejaba a Julia y la hora en que debía volver a verla.

Quería perfeccionarme a mí mismo, no para los demás sino para ella; quería que mi amada no se pudiese avergonzar de su preferencia; que los hombres superiores que formaban su sociedad, y que me encontraban algunas veces en su sala como una esfinge modesta, de pie, al lado de la chimenea, o como una estatua de la Contemplación, descubriesen, si por casualidad me dirigían la palabra, un alma, una inteligencia, una esperanza, un porvenir, bajo el exterior de un joven desconocido, tímido y silencioso.

Además me entregaba a algunos sueños de destino activo, que algún día me arrastraría como el torbellino arrancaba la hoja del árbol del humilde jardín de mi padre para llevarla a lo más alto de la atmósfera; destino en que Julia gozaría desde lejos viéndome luchar con la fortuna y contra los hombres, y elevarme en poder, en fuerza, en virtud, y se glorificaría en secreto de haberme adivinado antes que todos y haberme amado antes que la posteridad. Vanos sueños que se llevaba la mañana y que han terminado en la oscuridad de este nido paterno.

LXXXIX

Todo esto y sobre todo el descanso forzoso de un solo pensamiento, el desprecio de todo lo demás, la falta de dinero que no me permitía otras diversiones, y el retiro claustral en que me había encerrado me condenaba a la vida de estudio más intensa y más apasionada.

Pasaba el día entero sentado delante de una mesita de trabajo, alumbrado por una claraboya que enviaba la luz del patio del hotel de Richelieu. Una estufa de loza templaba la habitación; y un biombo encerraba la mesa y la silla, y me evitaba la vista de las visitas de jóvenes de la alta sociedad que venían con frecuencia a ver a mi amigo. En el horizonte del vasto patio había ruidos de coches y otras veces silencio; y alguna vez un rayo de sol luchaba contra la niebla que se arrastraba por las calles de París. Estos ruidos y estos silencios me recordaban un poco los juegos de luz, los ruidos del viento y la brumas transparentes de nuestras montañas.

XC

Allí veía jugar de cuando en cuando a un niño de ocho a diez años. Era el hijo del portero. Su cabeza angelical, sus cabellos descubiertos y ensortijados sobre la frente, su fisonomía inteligente y sensible me recordaban las cándidas figuras de los niños de mi país. Su familia era, en efecto, de una aldea cercana a la de mi padre; familia empobrecida y trasplantada a París. Este niño había acabado por hacerse mi amigo, viéndome siempre en la ventana por encima de la habitación de su madre; y se había consagrado voluntaria y gratuitamente a mi servicio. Hacía todos mis encargos en la calle: me traía un pedazo de pan, un poco de queso y fruta para desayunarme; iba a comprar mis provisiones todos los días. Yo tomaba este frugal alimento sobre mi mesa de trabajo en medio de libros abiertos y de las páginas interrumpidas.

El niño tenía un perro negro que se había dejado olvidado un viajero en el hotel, y nunca se separaba de él. El perro también se unió a mí como el niño; y nunca querían bajar la escalerita de madera de mi cuarto, cuando la habían subido una vez. La mayor parte del día se echaban y jugaban juntos a mis pies, por el ruedo, debajo de la mesa.

Después me traje el perro de París y le he tenido conmigo muchos años como un recuerdo fiel y amante de aquel tiempo de soledad. Le he perdido, no sin lágrimas, en 1820, atravesando los bosques de las lagunas Pontinas, entre Roma y Terracina.

El pobre niño se ha hecho hombre: ha aprendido el oficio de grabador, que ejerce con talento en Lyon. Se llama Nogent. Habiendo oído sonar mi nombre después, en su taller, ha venido a verme y ha llorado de alegría por mí y de tristeza por el perro. ¡Pobre corazón humano a quien es necesario todo lo que ha amado una vez, y que tiene lágrimas de la misma agua por la pérdida de un imperio y por la pérdida de un animal!...

XCI

Durante aquellas interminables horas, allí encerrado y sin más compañía que la estufa, el viento, el tragaluz, el muchacho y el perro, volví a leer toda la antigüedad escrita, excepto los poetas de los que tan fuerte ración nos habían dado en el colegio, que nuestra vista fatigada apenas si distinguía entonces más que las cesuras largas o breves, triste consecuencia de una sociedad precoz que agosta el alma del niño, la más opulenta y la más perfumada flor del pensamiento humano.

Pero volví a leer todos los filósofos, todos los oradores y

todos los historiadores en su lengua; se impusieron especialmente a mi admiración los que reunían en si las tres potencias de la inteligencia que se llaman: la narración o sea la palabra las reflexiones o sea el hecho y el discurso o sea la moralidad Tucídides y Tácito sobre todos; después Maquiavelo, el sublime curandero de las enfermedades de los imperios; después Cicerón, esa templada ánfora que de todo contiene, desde las lágrimas privadas del hombre, del marido, del padre y del amigo, hasta las catástrofes de Roma y del mundo y los trágicos presentimientos de su propio destino. Cicerón es como un filtro en que todos estos líquidos se reposan y clarifican sobre un fondo de filosofía y de serenidad casi divina y que deja después a su grande alma desahogarse en borbotones de elocuencia, de sapiencia, de fervor religioso, en una palabra, de armonía. Hasta entonces yo le había tenido por un charlatán vacío en cuyos largos periodos se encerraba poco sentido: estaba engañado. Es el hombre-verbo de la antigüedad después de Platón: es el estilo más puro de todas las lenguas. Se le cree flaco porque se le ve lujosamente ataviado, pero bajo aquella púrpura se oculta un alma sublime que ha sentido, que ha comprendido y que ha dicho todo cuanto había que sentir, comprender y decir de la Roma de su tiempo.

XCII

Por lo que hace a Tácito la pasión que por él sentía era tal que ni aun intentaba discutirle: para mí era preferible aun el mismo Tucídides, el Homero de la historia. Tucídides es algo más que un historiador: es el resumen del género humano. Su narración cura el dolor que en un corazón libre, virtuoso y sensible hayan podido producir los despiadados hechos; su lectura conmueve el alma hasta en sus más inertes fibras. Su sensibilidad más bien que emoción es piedad; sus juicios más que en la venganza están inspirados en la justicia; su indignación traspasa los límites de la cólera y entra de lleno en los de la virtud. El alma del lector se confunde con la suya dejándose llevar de una especie de afinidad misteriosa. Quien quiera hacer imposible el crimen a sus hijos y hacer que su imaginación se apasione por la virtud, déles a leer mucho a Tácito: si con esta enseñanza no llegan a ser héroes, es que la naturaleza les ha hecho cobardes o malvados. Un pueblo cuyo evangelio político fuese Tácito, sería un pueblo de gigantes dada la estatura común de los pueblos. Puede decirse que este pueblo representaría ante Dios el drama político del género humano en toda su magnificencia y majestad. Yo puedo decir que debo a este escritor, no todas las fibras de carne pero sí todas las fibras metálicas de mi ser. Él es quien las ha templado. Si por acaso nuestros vulgares tiempos, llegaran a tomar el aspecto grandioso y trágico del suyo, y llegara yo por ventura a ser digna víctima de una digna causa, moriría diciendo: «Sea para el maestro, que no para el discípulo, toda la honra de mi vida y de mi muerte; que Tácito es el que ha vivido y el que muere en mí».

XCIII

Amaba también con pasión a los oradores. Los estudiaba con el presentimiento de un hombre que un día tendría que hablar a las muchedumbres sordas y que tiene que tomar con tiempo el pulso al teclado de los auditorios humanos: Demóstenes, Cicerón, Mirabeau, lord Chatham sobre todo, el más moderno pero el más interesante de todos a mi juicio porque su elocuencia, tan inesperada como lírica, más que una voz es un grito. Esta elocuencia se eleva en las más esplendentes alas de la poesía, por encima de su limitado auditorio y de las pasiones de su tiempo hasta las perennes regiones de la eterna verdad y del eterno sentimiento. Chatham toma la verdad de manos de Dios y de ella arranca no sólo la luz sino también el rayo de la discusión. Desgraciadamente no quedan de él, como de Fidias en el Parthenon, más que fragmentos; cabezas, brazos, trozos mutilados: pero, recomponiendo estos fragmentos por el pensamiento, se obtienen prodigios de elocuencia. Me imaginaba tiempos, circunstancias, pasiones, ambiciones, foros semejantes a aquéllos que habían servido de palanca a aquellos grandes hombres, y a la manera de Demóstenes a las olas del mar, yo hablaba interiormente a los fantasmas de mi imaginación.

XCIV

En aquel tiempo leí por vez primera los discursos de Fox y de Pitt. Fox me pareció declamador aunque prosaico; uno de esos genios descontentadizos nacidos para la contradicción y no para la dicción, abogados sin toga, que tienen la conciencia en los labios y que de lo que ante todo se cuidan es de su popularidad.

En Pitt vi al hombre de Estado, cuyas palabras son actos y que en el desmoronamiento de Europa mantuvo casi solo a su país sobre la base de su buen sentido y sobre la constancia de su carácter. Pitt es un Mirabeau, con la integridad de que Mirabeau carecía, pero sin su ímpetu. Mirabeau y Pitt fueron entonces y son aún hoy, mis dos hombres de Estado predilectos. A su lado Montesquieu me pareció un disertador erudito, ingenioso y sistemático; Fenelon divino, pero quimérico; Rousseau más apasionado que inspirado, dotado de un gran instinto, pero no poseído de una gran verdad; Bossuet, lengua de oro, alma aduladora, que reunía en sí, en su conducta y en su lenguaje ante Luis XIV, el despotismo de un teócrata y las complacencias de un cortesano.

XCV

De los estudios históricos y oratorios pasé naturalmente a la político. El sentimiento del yugo del Imperio, apenas sacudido, y el horror del régimen militar, que acabábamos de soportar me impulsaban naturalmente hacia la libertad. Los recuerdos de familia, los compromisos de la amistad, la patética situación de aquella Casa Real pasando del trono al cadalso y al destierro, y repuesta en el trono después del destierro, aquella princesa huérfana en el palacio de sus padres; aquellos ancianos coronados por el infortunio, tanto o más que por sus antepasados; aquellos príncipes, de cuya juventud y de cuyas desgracias (terribles maestros) todo podía esperarse; todo esto me hacía desear que el trono antiguo y la libertad reciente pudieran conciliarse con la monarquía de nuestros padres. De esta manera hubiera alcanzado el gobierno los dos grandes prestigios de las cosas humanas; la antigüedad y la novedad, el recuerdo y la esperanza. Dulce ensueño muy propio de mi edad que se evaporaba día por día de mi imaginación. Empezaba a entrever con dolor que los viejos moldes contienen mal las ideas nuevas y que la monarquía y la libertad no podrían llegar jamás a estar unidas por el mismo lazo sin exponerse a continuos rozamientos que esterilizarían las fuerzas del Estado; que la monarquía sería perpetuamente sospechosa, y la libertad perpetuamente vendida. Sin ser fanático por la república, la entreveía en el porvenir como la última forma de las sociedades perfeccionadas.

XCVI

De estos estudios generales, pasé durante muchos meses a un estudio, al que hube de aplicarme con tanto más ahínco cuanto que por su naturaleza es el más árido, el más seco, el más glacial y el más antipático para un joven rebosando imaginación y amor; me refiero a la economía política o sea a la ciencia de la riqueza de las naciones. V... la estudiaba con más curiosidad que afición. Sus mesas estaban atestadas de los libros italianos, ingleses y franceses, escritos hasta entonces sobre esta ciencia. Los leímos juntos, discutiéndolos y escribiendo las reflexiones que nos sugería su lectura. Esta ciencia de la economía política, que planteaba entonces y aún en el día de hoy plantea, más axiomas que verdades y más problemas de los que es capaz de resolver, tenía para nosotros precisamente el atractivo del misterio. Constituía además, entre nosotros el texto interminable de esas conversaciones ligeras que hacen trabajar a la inteligencia sin distraer el fondo del alma, que permiten sentir, mientras se habla, la presencia del pensamiento secreto y continuo, oculto en el último fondo del corazón, especie de enigmas cuya explicación se busca sin tomarse un gran interés por encontrarla.

Después de haber leído, discutido y anotado todo lo que constituía entonces esta ciencia, creí distinguir algunos principios teóricos, verdaderos en su generalidad, aunque de dudosa aplicación y lanzados al mundo con la ambiciosa pretensión de colocarse entre las verdades absolutas y a las veces vacías o falsas con relación a sus fórmulas. No tenía nada que contestar, pero mi instinto de evidencia no quedaba enteramente satisfecho; arrojé lejos de mí los libros y esperé la luz. Esta ciencia no estaba aún formada; como ciencia experimental que es, necesitaba más años y más madurez para llegar a afirmar tanto. Después se ha ido formando y hoy ofrece a los hombres de Estado algunos dogmas que se pueden aplicar con mesura a las sociedades humanas, algunas fuentes de riqueza y algunos lazos más de fraternidad que apretar entre las naciones.

XCVII

En medio de estos arduos estudios, no abandoné nunca al que más me había atraído desde mi infancia; el estudio de la diplomacia, o sea, de las relaciones de los gobiernos entre sí.

Una casualidad me llevó hasta sus orígenes. Había escrito yo, en el tiempo en que me dedicaba a la economía política, un folleto de unas cien páginas sobre una cuestión que llamaba vivamente la atención pública. El folleto se titulaba:

«¿Qué lugar puede ocupar en Francia la nobleza dentro del régimen constitucional?».

Traté esta cuestión tan delicada en aquellos momentos con el instinto de buen sentido que la naturaleza me dio y con la imparcialidad propia de un joven independiente que se eleva sin dificultad por encima de las vanidades de arriba, de las envidias de abajo y de las preocupaciones de su tiempo: hablaba del pueblo con amor, de las instituciones con inteligencia y de aquella nobleza histórica, cuyos nombres han sido largo tiempo el nombre de la Francia misma en los campos de batalla, en nuestras magistraturas y en el extranjero, de esta nobleza, digo, hablaba con respeto. Mis conclusiones eran: supresión de todo privilegio de nobleza que no sea el de vivir en la memoria de los pueblos; constitución de un senado electivo. Y demostraba que en un país libre no hay más nobleza que la elección que es a la vez el estímulo que lleva a los ciudadanos al servicio de su país y la recompensa temporal de su mérito o de sus virtudes.

XCVIII

Julia, a quien había dejado este manuscrito para que estuviera al corriente de todos mis trabajos, lo había dado a leer a un hombre distinguido de su sociedad íntima, a cuyo parecer prestaba gran deferencia. Era M. Mounier, digno hijo del ilustre miembro de la asamblea constituyente, que fue por mucho tiempo secretario particular del emperador, y en aquel entonces de opinión realista constitucional; era una de esas inteligencias que no tienen juventud, que nacen maduras y que mueren jóvenes, dejando un gran vacío en su tiempo.

M. Mounier, después de haber leído mi trabajo, preguntó a Julia quién era el hombre político que había escrito aquellas páginas; y ella le declaró sonriendo que el autor era un joven principiante sin nombre, sin experiencia, sin práctica de los negocios. M. Mounier quiso verme para creerlo.

Me presentaron a él; me mostró desde luego una benevolencia que pasó después a ser amistad y que no se ha debilitado hasta su último aliento. No imprimí aquel trabajo; pero M. Mounier me presentó a su amigo M. de Rayneval, hombre ilustradísimo y dotado de un corazón franco y leal y de una inteligencia seductora y variada aunque laboriosa y grave. M. de Rayneval era entonces el alma de nuestros negocios extranjeros. Murió siendo embajador en Madrid.

M. de Rayneval que había leído mi trabajo, me recibió en su casa con esa gracia atractiva y esa sonrisa cordial que suprimen la distancia y que desde el primer momento se apoderan del corazón de cualquiera. Era uno de esos hombres de quienes se aprende con placer, porque parece que al enseñar, más que imponer lo que saben, lo que hacen es abrir su alma a sus oyentes. Más al corriente quedaba uno del estado de Europa en algunas conversaciones con aquel hombre encantador, que en una biblioteca de diplomacia. Tenía el genio innato de las negociaciones, el tacto. A él debo la afición a los altos negocios que él manejaba, sin dejar de comprender su importancia, pero sin darse al parecer cuenta de su peso. Todo era ligero en sus robustas manos, y su facilidad prestaba animación y gracia a los negocios. Me estimuló el deseo que yo tenía de entrar en la carrera diplomática. Él mismo me presentó a M. d'Hauterive, director de los archivos y le autorizó a facilitarme los legajos de nuestras negociaciones. M. d'Hauterive, viejo encanecido en el servicio era la tradición inmutable y el dogma viviente de nuestra diplomacia. Con su estatura imponente, su voz sorda, sus cabellos crespos y empolvados, sus ojos profundos y vivos cubiertos de largas pestañas, parecía un siglo en pie.

Me recibió con aire paternal, gozoso de trasmitirme la herencia de sus antiguos ahorros científicos. Me hizo leer, compulsar, trabajar y anotar sin perderme de vista y en su gabinete. Dos veces por semana iba a estudiar algunas horas bajo su dirección. Siempre recordaré con verdadero placer aquella robusta y pródiga ancianidad, que se entregaba a un joven cuyo nombre mismo le era desconocido. M. d'Hauterive murió durante el combate de julio de 1830 y al ruido del cañón que desgarraba la política de la casa de Borbón y los tratados de 1815.

XCIX

Tal era mi vida, recogida y estudiosa. No tenía ninguna otra aspiración; la misma ansia de entrar en una carrera, no obedecía en el fondo más que al deseo de dar descanso a la ambición de mi pobre madre y al dolor de tener que desprenderme un día de su diamante, sin sacar alguna compensación en el mejoramiento de mi destino. Si en aquellos momentos me hubieran ofrecido una embajada para alejarme de París y un palacio para abandonar mi cuartucho, hubiera cerrado los ojos para no ver la fortuna y me hubiera tapado los oídos para no oír hablar de semejante cosa. El rayo invisible para los demás que alumbraba y encendía la oscuridad de mis noches, me daba toda la felicidad apetecible.

C

Mi felicidad empezaba cuando declinaba el día. Comía ordinariamente solo en mi celda, y mi comida se componía habitualmente de pan, un trozo de vaca cocido y alguna ensalada de raíces. No bebía más que agua economizando el gasto de un poco de vino, tan necesario para pasar el agua desabrida y en ocasiones fétida de París. Así es que, con un franco poco más o menos hacía el gasto diario, y aún había lo bastante para dar de comer al pobre perro que se me había agregado. Después de comer, la soledad y el cansancio me llevaban muy pronto a la cama. El sueño abreviaba las largas horas nocturnas que me separaban aún del solo momento en que verdaderamente empezaba el tiempo para mí, horas que los jóvenes de mi edad gastan, como yo había hecho también antes de mi transformación, en los teatros, en los sitios públicos y en los dispendiosos entretenimientos de una capital.

A las once me levantaba: me vestía con la decente sencillez de un joven no del todo desgraciado de figura, y que a una estatura regular añadía un semblante rodeado de largos y rizados cabellos. Calzado limpio, camisa blanca, traje siempre negro que yo mismo cepillaba, abrochado hasta el cuello según la costumbre de los escolares de la edad media; capa de corte militar, en que me embozaba cuidadosamente para preservar los vestidos de las salpicaduras de la calle, tal era mi traje, uniforme, sencillo y oscuro. Sin denunciar mi situación, este traje no afectaba ni lujo ni miseria, y me permitía pasar de mi soledad a un salón sin llamar la atención de los indiferentes.

CI

Iba a pie, porque el coste de una carrera de coche representaba un día de vida para mí. Seguía las aceras a lo largo de las casas; evitaba el centro de las calles, marchaba a paso lento y de puntillas para preservar mi traje del barro: mis zapatos en un salón cuajado de bujías hubieran denunciado al humilde peatón. No me apresuraba porque sabía que Julia recibía todas las noches a los amigos de su marido en su gabinete o en el salón. Tenía que esperar antes de llamar a que desapareciese el último coche de la puerta, y esta reserva no solamente tenía por objeto evitar las observaciones sobre la asiduidad de un joven desconocido en casa de tan joven y tan hermosa dama, sino que, además y muy principalmente, me ahorraba la molestia de tener que repartir su atención y sus miradas con los indiferentes, cuya conversación tenía que sostener y animar a estas horas. Cuando esto ocurría, me parecía que cada uno de ellos me robaba una parte de su presencia y de su alma, Verla, oírla, y no poseerla yo solo era algunas veces más cruel para mí que no verla en absoluto.

CII

Para hacer tiempo daba grandes paseos de uno a otro extremo del puente que pasa sobre el Sena, casi enfrente de la casa donde Julia vivía. ¡Cuántos miles de veces he contado las losas de aquel puente, en que resonaban mis pasos! ¡Cuántos cuartos dejé caer uno y otro día, en la escudilla de metal del pobre ciego que imploraba la caridad, sentado junto al parapeto del puente, así lloviera o nevara! Y pedía a Dios que mi óbolo resonando en el corazón del mendigo, y de allí en sus oídos me procurase en cambio la partida de un impar tuno que retardaba mi felicidad y la seguridad de una larga velada.

Conociendo Julia mi repugnancia a encontrar gente extraña en su casa, habíamos convenido en que haría una señal que me diría de lejos la ausencia o la presencia de visitas en su salón: cuando había mucha gente, las dos maderas interiores de la ventana estaban cerradas; yo no veía más que la débil claridad de las bujías filtrándose por la unión de las maderas; cuando no había más que una o dos personas de confianza que se habían de marchar pronto, no estaba cerrada más que una de las dos maderas; y por fin, cuando todo el mundo había salido, se abrían las dos hojas así como las cortinas, y yo podía ver desde la orilla opuesta la claridad de la lámpara colocada sobre la mesa en que ella leía o escribía mientras yo llegaba.

Nunca perdían mis ojos de vista aquel resplandor lejano, tan sólo para mí visible e inteligible en medio de aquellos millares de resplandores de ventanas, de reverberos de tiendas, de coches, de cafés y de esas mil avenidas de fuego móviles o inmóviles, que iluminan durante la noche las fachadas y los horizontes de París. Para mí todas estas iluminaciones no existían; no había más luz en la tierra ni más estrella en el firmamento, que aquella ventanita semejante a una mirada dirigida sobre mí buscándome en la sombra, y hacia la cual tendía incesante y exclusivamente mi vista, mi pensamiento, mi alma entera. ¡Oh poder incomprensible de esta naturaleza infinita del hombre que puede llenar los espacios de mil universos, y hallarlos aun demasiado pequeños para su universalidad, y que puede concentrarse en un puntito luminoso, brillando a través de la bruma de un río en medio del océano de fuegos de una ciudad inmensa y encontrar un infinito de deseos, de sentimientos, de inteligencia y de amor en aquella sola chispa que a duras penas podría sostener la comparación con la luz de un gusano en una noche de agosto.

CIII

¡Cuántas veces he pensado esto mismo paseando embozado hasta los ojos en la oscuridad del puente! Cuántas veces exclamaba mirando aquel pequeño resplandor que brillaba a lo lejos: «¡Dios mío, apaga todas las claridades de la tierra; extingue la luz de todas las esferas luminosas del firmamento, pero deja brillar eternamente aquella débil luz, misteriosa estrella de dos vidas, y este resplandor iluminará todos los mundos y bastará durante tu eternidad a mis ojos!».

¡Ah! después he visto extinguirse aquella estrella de mi juventud, aquel foco de mis miradas y de mi corazón: he visto las hojas de aquella ventana largos años cerradas sobre la fúnebre oscuridad del gabinete; después las he visto abrirse un día y permanecer abiertas un año; he intentado averiguar quién se atrevía a vivir donde ella había vivido; en los días de verano he visto asomarse a esta ventana, inundada de sol y adornada de tiestos, a una joven jugando y sonriendo con un niño de pecho, sin advertir que jugaba sobre un sepulcro, que sus sonrisas se convertían en lágrimas en los ojos de un transeúnte, y que aquella vida era una ironía de la muerte!... He vuelto muchas veces durante la noche, y aún hoy vuelvo todos los años aproximándome a hurtadillas a aquellas paredes, para tocar aquella puerta, sentarme en aquel banco de piedra, mirar los resplandores, oír los sonidos de lo alto y figurarme por un momento que veo el reflejo de su lámpara, que oigo el timbre de su voz, que voy a llamar a la puerta, que me espera, que voy a subir!... ¡Oh memoria!... ¿Eres un beneficio del cielo, o un suplicio del infierno?...

....

¡Hoy pienso en todo esto, cuando veo un cirio al lado de un ataúd!...

....

CIV

El día siguiente de mi llegada me presentó Julia al anciano que para ella hacía las veces de padre, cuyos últimos días llenó de consuelo, como una hija querida. Me recibió como a un segundo hijo. Conocía por ella nuestro encuentro en Saboya, nuestro afecto fraternal, nuestra correspondencia de todos los días; y aquel parentesco de nuestras almas revelado por la identidad de nuestros instintos, de nuestra edad y de nuestros sentimientos. Conocía la pureza sobrenatural de aquel afecto, que la naturaleza y la sociedad nos impedían alterar jamás. Sólo tratándose de la felicidad, del buen nombre o de la vida de su pupila, manifestaba alguna inquietud o recelo. Su único temor era que hubiese sido seducida o engañada por esas primeras miradas que son a veces la ilusión de los jóvenes, y que hubiese entregado su corazón a un hombre creado por su sola imaginación. Largos párrafos de mis cartas, que Julia le dio a leer, le tranquilizaron un poco: mi fisonomía, además, podía decirle si los sentimientos que campeaban en aquellas cartas eran verdaderos o falsos, porque el estilo puede mentir, pero el semblante jamás.

El anciano me examinó con atención un poco inquieto; pero a medida que me contemplaba y me interrogaba, su mirada, antes contraída, se serenaba, se iluminaba de una viva satisfacción interior, se estremecía llena de confianza y se fijaba en mí con esa seguridad y ese cariño pintados en los ojos, que son las palabras mudas; pero las mejores palabras de una primera entrevista. El ardiente deseo de agradar al anciano; la timidez natural en un joven que ve decidirse la suerte de un corazón en el juicio que van a formar de él; el temor de que esta impresión me fuera adversa; la presencia de Julia, que queriendo darme ánimos me alteraba más, todos estos matices de mi pensamiento que se transparentaban en la modestia de mi actitud y en mis encendidas mejillas, hablaron sin duda en mi favor mucho mejor de lo que yo hubiera podido hacer. El anciano tomó entre las suyas mis manos con un ademán completamente paternal y me dijo:

—Tranquilizaos, caballero, y contad con dos amistades en vez de una en esta casa: si Julia hubiera querido elegir un hermano y yo un hijo, no hubiéramos podido hacer mejor elección.

Me tendió los brazos y hablamos como si me hubiese conocido desde niño hasta el momento en que un antiguo criado vino como de ordinario a las dos en punto para darle el brazo, sostenerle en la escalera, y conducirle a su aposento.

CV

Era, en verdad, un hermoso y simpático anciano, a quien no faltaba más que la seguridad de vivir al día siguiente. Su aspecto era tan desinteresado y tan paternal, que su presencia al lado de aquella joven no descomponía el cuadro. Era como un poco de sombra nocturna en una espléndida alborada; pero sombra protectora, que todo lo amparaba sin oscurecer en lo más mínimo la juventud, la belleza y la inocencia de la mujer.

Los rasgos de aquel hombre ilustre eran regulares corno las puras líneas de los perfiles antiguos, un poco descarnados por el tiempo, pero inalterables. Sus ojos azules tenían la expresión dulce, pero penetrante, de una vida de trabajo y un tanto velada, como si mirase a través de una bruma ligera. Su boca era fina como una agudeza, y abierta como la sonrisa de un padre mirando a sus pequeñuelos. Su pelo escaso, por razón de la edad y del estudio, tenía la suavidad y las inflexiones de la plumazón del cisne. Sus manos eran afiladas y blancas como las manos de mármol de la estatua de Séneca moribundo, dando el último adiós a Paulina. Su cara delgada y pálida, a causa de largos trabajos intelectuales, no tenía arrugas porque nunca había tenido carne. Solamente se veían serpentear por las lamidas sienes algunas venas azules y escasas de sangre. Su frente, ese órgano que la fuerza del pensamiento se encarga de tallar y pulir como la última belleza del hombre, reflejaba el resplandor del hogar. Las mejillas tenían la delicadeza y la transparencia propias de un rostro que ha envejecido al abrigo de las paredes, y que el sol y el viento no han podido curtir; tenían, por tanto, ese tinte de mujer, que en los últimos días de la existencia afemina la fisonomía de los viejos. Ese tinte da al semblante un cierto aspecto aéreo, fugitivo e impalpable como una sombra, que un soplo haría desvanecer. Su palabra, madura, reflexiva, y naturalmente encerrada en frases breves, limpias y luminosas, tenía la precisión propia de unos labios que han vacilado mucho antes de elegir, al dictar o al escribir, la forma de sus pensamientos. Entrecortaba siempre sus frases con largas pausas, como para darles tiempo de penetrar en el oído y de ser saboreadas por los que escuchaban. Solía salpicarlas con alguna ocurrencia siempre graciosa, nunca cínica: eran estas ocurrencias a modo de ligeras alas, con las que levantaba de vez en cuando la conversación, para evitar que quedara agobiado el auditorio bajo el peso incesante de las ideas.

CVI

Al cabo de pocos días llegué a adorar a aquel sabio y encantador anciano: si yo estaba llamado a envejecer hubiera querido ser un viejo por el estilo.

Una sola cosa me afligía al mirarle, y era verle avanzar con paso sereno hacia la muerte, sin creer en la inmortalidad. Las ciencias naturales que había cultivado especialmente, habían acostumbrado su espíritu a confiar exclusivamente en el juicio de los sentidos; lo que no era palpable no existía para él; lo que no era calculable no tenía base de certidumbre a sus ojos; la materia y la cifra componían para él el universo; los números eran su dios, y los fenómenos su revelación; la naturaleza era su biblia y su evangelio; la virtud era en él instintiva, sin reparar que los números, los fenómenos, la naturaleza y la virtud no son más que geroglíficos escritos en la cortina del templo, y cuyo sentido unánime es divinidad.

¡Espíritus sublimes, pero reacios, que suben maravillosamente de peldaño en peldaño la escala de la ciencia, sin querer jamás poner el pie en el último, que conduce a Dios!

CVII

En poco tiempo me cobró tal afecto este segundo padre, que quiso darme de vez en cuando en su biblioteca lecciones de las altas ciencias que después de haber nutrido su espíritu, le servían por entonces de esparcimiento.

Iba yo alguna vez por la mañana: Julia sabía también a la misma hora, y era en verdad un espectáculo curioso e interesante, el que ofrecía aquel viejo sentado en medio de sus libros, monumento de los conocimientos humanos, y de la filosofía, cuyas páginas había devorado durante toda su vida, abriendo los misterios de la ciencia y del pensamiento humanos a un joven en pie detrás de él, en tanto que una mujer joven y bella como la Beatriz del poeta de Florencia, verdadera filosofía idealizada, y a la par que amorosa sapiencia, servía de primer discípulo al viejo, y de condiscípulo a su joven hermano.

Ella traía los libros, hojeaba las páginas, señalaba con sus sonrosados dedos los capítulos, iba de uno a otro lado por medio de las esferas, los globos, los instrumentos y los montones de libros.

En el seno de aquella polvareda de la ciencia humana, semejaba al alma de la naturaleza separándose de la materia para abrasarla con su amor y hacerla de todos amada.

En pocos días aprendí y comprendí más que en años enteros de secos y solitarios estudios. Los achaques de los años, frecuentes en el maestro, interrumpían demasiado a menudo estos coloquios y estas lecciones matinales.

CVIII

Pero yo continuaba yendo cada día y consumiendo una parte de mis noches al lado de la que era por sí sola la noche y el día, el tiempo y la eternidad para mí. Iba, como ya he dicho, en el momento en que los importunos abandonaban su salón. A veces permanecía horas enteras en el puente o en el muelle andando o parado esperando en vano que la hoja interior de la ventana se abriese por completo o a medias, haciendo la muda señal que habíamos convenido.

¡Cuántas veces he seguido con la vista las perezosas aguas del Sena arrastrando en su lomo hacia la oscuridad del arco del puente los resplandores flotantes de la luna o las reverberaciones de las luces de las ventanas! ¡Cuántas horas y medias horas señaladas por las campanas de las iglesias próximas he contado en aquella disposición, maldiciendo su lentitud o acusándolas por su precipitación. Ya conocía de memoria el timbre de las voces de bronce de todas las torres de París.

Había días felices y días nefastos. Algunas veces sabía sin esperar el momento; no encontraba a su lado más que a su marido que invertía en narraciones amenas y en conversaciones ligeras las horas que le preparaban al sueño. A veces no encontraba más que uno o dos amigos de la casa; entraban un instante con la noticia o la emoción del día y así otorgaban a la amistad las primicias de su velada que había de concluir en los salones políticos. Ordinariamente eran hombres parlamentarios, oradores eminentes de ambas cámaras, Suard, Bonald, Mounier, Rayneval, Lally-Tollendal, el viejo de alma juvenil; Lainé, el más puro molde de la virtud y de la elocuencia antigua que me ha sido dado venerar en nuestros tiempos modernos, romano de corazón, de lengua y de aspecto a quien no faltaba más que la toga romana para ser el Cicerón o el Caton de su tiempo. La admiración y el respeto engendraron en mí un inquebrantable afecto hacia aquella verdadera encarnación de un gran ciudadano, y M. Lainé se dignó distinguirme con algunas miradas y frases afectuosas. Después fue mi maestro. Si por acaso pudiera algún día prestar algún servicio a mi patria o hablar a mis conciudadanos desde la tribuna, no se apartaría de mi mente el recuerdo de su patriotismo y de su inteligencia como un modelo que no me sería dado igualar, pero que procuraría imitar aunque fuera de lejos.

CIX

Estos hombres eminentes se sucedían alrededor de la mesita de labor. Julia estaba reclinada en su sofá; yo permanecía respetuoso y silencioso en un rincón lejos de ella, oyendo, reflexionando, admirando o desaprobando en mi interior, pero desplegando rara vez los labios si no me preguntaban y sin lanzar en la conversación más que alguna que otra palabra tímida, reservada y a media voz.

Mis convicciones han sido siempre arraigadas, pero siempre me ha costado trabajo el enunciarlas delante de gentes que me parecían infinitamente superiores a mí en edad y en autoridad. El respeto al tiempo, a la edad y a la nombradía, es en mí una segunda naturaleza. Un rayo de gloria me deslumbra; las canas me imponen; me inclino sin poderlo remediar ante un nombre ilustre.

Esta timidez me ha hecho desmerecer en muchas ocasiones, pero no me ha pesado. Este sentimiento de la superioridad de los demás, cuadra bien a la juventud y aun a todas las edades; así se eleva más aún el tipo que se trata de imitar. La confianza en uno mismo es una insolencia frente a la naturaleza y frente al tiempo. Si el sentimiento de la superioridad de los demás es una ilusión, por lo menos es una ilusión que engrandece a la humanidad, en tanto que el sentimiento contrario es una ilusión que la empequeñece. Demasiado pronto queda la humanidad reducida a sus justas y tristes proporciones.

Al principio aquellos hombres hacían poco caso de mí: los veía muchas veces inclinarse hacia Julia y preguntarle en voz baja quién era aquel joven. Mi fisonomía pensativa y la inmovilidad modesta de mi actitud parecía admirarles y agradarles. Insensiblemente se iban acercando a mí dirigiendo hacia donde yo me encontraba con ademán de benévola intención algunas de sus palabras, como animándome indirectamente a tomar parte en la conversación. No dejaba yo de hacerlo para mostrarles mi reconocimiento; pero no tardaba en volverme a sumir en mi silencio y en mi alejamiento temeroso de animar la conversación y por consiguiente de prolongarla. En realidad para mí no eran más que el marco de un cuadro; el único interés real para mí era el rostro, la palabra y el alma de la mujer, de la cual me privaba su presencia.

CX

Así es que mi alegría no reconocía límites cuando salían y al fin oía en el portal el ruido del coche en que marchaba el último. Quedábamos solos; la noche era ya avanzada; la seguridad de nuestras solitarias horas aumentaba a cada movimiento de la aguja del reloj que se aproximaba a la media noche. Ya no se oía más que algún que otro coche resonar en el empedrado del muelle o el ronquido del viejo portero que dormía en una banqueta del vestíbulo al pie de la escalera.

Primero nos mirábamos sin hablar como admirados de nuestra dicha. Me aproximaba a la mesita cerca de la cual trabajaba Julia a la luz de la lámpara en alguna labor femenil. Sus dedos distraídos dejaban caer la labor; al fin íbamos a mirarnos y a hablar a solas, nuestros corazones desbordaban; nuestras palabras ansiosas de brotar como un torrente detenido en un estrecho boquete, salían con dificultad de nuestros labios. En la confusión de cosas que teníamos que decirnos no nos era fácil escoger pronto las que nos corrían más prisa. A veces sobrevenía un largo silencio de la dificultad misma por el exceso de palabras que se acumulaban en nuestro corazón sin poder hallar la salida. Después empezaban a deslizarse lentamente como esas primeras gotas precursoras de una lluvia torrencial.

Estas primeras palabras traían otras consigo; la voz del uno arrastraba la del otro como un niño que se precipita y arrastra consigo a otro al caer. Ninguno de los dos quería dejar al otro el placer de adelantarse a expresar un sentimiento común; así es que nuestras palabras se confundían un momento sin orden, sin réplica y sin ilación. Cada uno de los dos creía haber sido el primero en experimentar la emoción que revelaba su pensamiento desde la entrevista de la víspera o desde la carta de la mañana. Este desbordamiento tumultuoso del que concluimos por avergonzarnos y reírnos, se apaciguaba por fin; y daba lugar a un plácido desahogo de nuestros labios que dejaban desahogarse a dúo o alternativamente la abundancia de sus expresiones. Era un trasiego continuo y murmurador del alma del uno en la del otro, un cambio sin reserva alguna de nuestras dos naturalezas, una transmutación completa de ella en mí y de mí en ella por la comunicación recíproca de todo lo que vivía, sentía, pensaba o ardía en nosotros. De seguro no se habrán visto nunca dos seres tan irreprensibles como nosotros en sus miradas y hasta en sus mismos pensamientos que se mostraran con más desnudez y más inmaterialmente al mismo tiempo el fondo más misterioso de su corazón y de sus sentimientos. Había castidad en esta inocente si bien completa desnudez de nuestras almas; era como la luz que todo lo descubre y nada mancha.

Lo único que teníamos que revelarnos era el amor sin tacha que abrasando nuestras almas las purificaba.

Este amor por su misma pureza se renovaba sin cesar con los mismos resplandores en el alma, el mismo rocío en los ojos, el mismo sabor virginal de primera declaración. Cada día era como el primero; cada momento era el mismo inefable momento en que el hombre siente el amor nacer en sí y repetirse en el corazón y en la mirada de la mujer; eterna flor, incesante perfume, interminable embriaguez porque jamás se llegaría a coger el fruto.

CXI

Este amor al manifestarse tomaba todas las formas infinitas por las cuales ha permitido Dios a las almas comunicarse a través de la transparente valía de los sentidos; desde la mirada que contiene toda nuestra alma en una visual que parece estar dotada de inteligencia hasta los párpados entornados que parece como que recogen en nosotros la imagen recibida para impedir que se evapore; desde la languidez hasta el delirio; desde el suspiro hasta la exclamación; desde el largo silencio hasta el torrente de palabras que brota de los labios sin pausa y sin fin, palabras que hacen perder el aliento, que cansan la lengua, que pronunciamos sin oírlas nosotros mismos y que no significan en el fondo otra cosa más que un esfuerzo imponente para decir una y otra vez lo que no puede decirse jamás...

CXII

Así hablábamos muchas veces horas enteras a media voz, recostados en la mesita de labor, casi juntas nuestras caras, casi confundidas nuestras miradas sin notar que el coloquio había durado más que un aliento; nos levantábamos admirados de que los minutos se hubiesen deslizado como nuestras palabras y de que el reloj estuviera a punto de dar la hora inexorable de nuestra separación.

Nuestras conversaciones se componían a veces de preguntas y respuestas sobre los más fugitivos matices de nuestra naturaleza y nuestro pensamiento, diálogos en voz imperceptible que más que de palabras inteligibles se podía decir compuestos de alientos articulados; confesiones casi vergonzosas de los más secretos y más sordos gemidos de nuestras almas; admiraciones y exclamaciones de felicidad al descubrirnos impresiones semejantes y repercutidas de uno en otro como la luz en el reflejo, como el golpe en el eco, como la figura en la imagen. En estos casos nos levantábamos y exclamábamos a la vez: «¡No somos dos! Somos un solo ser bajo dos naturalezas que nos engañan. ¿Cuál de nosotros se atreverá a decir al otro tú? ¿Cuál de sí mismo dirá yo? ¡No hay tú, no hay yo; no hay más que nosotros!...».

Y volvíamos a caer en nuestros asientos aniquilados con la admiración que esta maravillosa conformidad nos producía, llorando de placer al sentir nuestra distinta personalidad no siendo más que uno y al ver de esta suerte multiplicado nuestro ser al enajenarle.

CXIII

A veces, y esto era lo más frecuente, la conversación se componía de minuciosos recuerdos de todos los lugares, de todas las circunstancias de todas las horas que habían traído o señalado los comienzos de nuestro amor.

A la manera de una joven a quien se han soltado al andar las perlas preciosas de su collar y que vuelve paso a paso, la vista fija en su camino, para encontrarlas y recogerlas una por una, no queríamos perder la memoria de uno solo de aquellos sitios, de una sola de aquellas horas de miedo de perder con ellos la memoria y el goce insaciable de una sola de nuestras felicidades. Las montañas de Saboya; el valle de Chambery; las cascadas, los torrentes, el lago; las pobladas praderas que a trechos se marcaban las oscuras sombras que proyectaban los castaños y a trechos penetraba la luz por entre sus gigantes ramas; el cielo entrevisto por las rendijas de la cúpula de follaje que se extendía sobre nuestras cabezas, la inmensa llanura azul y las blancas velas a nuestros pies; nuestras primeras entrevistas involuntarias y de lejos en los ásperos senderos de la montaña, las conjeturas que por entonces formábamos uno de otro; nuestros encuentros en el lago bogando en nuestros botes en sentido contrario antes de conocernos; su negra cabellera movida por el viento, mi actitud indiferente, mi apartamiento de las gentes; el doble enigma que representábamos el uno para el otro y cuya solución debía ser un amor eterno; después el día fatal de la tempestad y del desmayo, la noche de angustias y de lágrimas en que la muerte se cernió sobre nuestras cabezas, el despertar en el cielo, la vuelta en compañía por la calle de los olmos, a la claridad de la luna y entrelazadas nuestras manos; sus ardientes y recatadas lágrimas; las primeras palabras con las cuales se habían entendido nuestras almas; ¡la felicidad, la separación... todo en fin!

Nunca nos veíamos hartos de estos detalles; parecía como si nos contáramos una historia que no fuera la nuestra. Pero ¿qué había entonces ni qué podía haber en adelante en el universo fuera de nosotros? ¡Oh inagotable curiosidad del amor! No eres una pueril distracción del momento; eres el amor mismo que no puede cansarse de mirar lo que admira, que no quiere dejar escapar una impresión, un cabello, una pestaña, una emoción en cualquier sentido, un suspiro del objeto amado para tener un motivo de amar más y de arrojar, con cada uno de estos recuerdos, un nuevo alimento a la hoguera de entusiasmo en que se deleita sintiéndose abrasar!...

CXIV

Una tristeza extraña se apoderaba a veces de Julia y la hacía derramar lágrimas; era la idea de verme condenado por aquella muerte de que nunca hablábamos pero que no podíamos olvidar a no tener delante de mis ojos más que un fantasma de felicidad que se desvanecería y no me dejaría más que un sudario en los brazos. Gemía, se acusaba de haberme inspirado una pasión que no podría hacerme feliz jamás. «¡Oh, quisiera morir, morir pronto, joven aún y amada, me decía; sí, morir! porque yo soy necesariamente para ti el objeto y la ilusión del amor; al mismo tiempo tu delirio y tu suplicio a la vez! ¡Es la más divina de las felicidades y la más cruel de las torturas confundidas en el mismo destino! ¡Déme el amor la muerte, y que tú sobrevivas para amar después que a mí según la naturaleza y tu corazón! ¡Menos desgracia sería para mí la muerte que la vida viviendo como vivo de tus penas y condenándote a la perpetua muerte de tu juventud y de tu porvenir!».

¡Oh blasfemia contra la suprema felicidad! –replicaba yo poniendo mi mano temblorosa bajo sus ojos para que sus; lágrimas temblorosas cayesen sobre mis dedos–. ¿Qué triste idea os habéis formado de aquel que a Dios ha parecido digno de hallaros, comprenderos y amaros? Pues qué, ¿no hay más océanos de ternura y de felicidad en esa lágrima ardiente que viene a caer desde vuestro corazón en mis manos, lágrima que yo aspiro como la gota de un celestial rocío, que en los apetitos culpables en que se encenagan las vulgares pasiones que echáis de menos para mi ? ¿Acaso yo he dejado ver alguna vez que deseaba otra cosa que este doble sufrimiento que nos convierte en dos víctimas voluntarias y puras? ¿No es éste el eterno holocausto del amor que desde Eloísa quizá hasta nosotros no se había ofrecido en espectáculo a los ángeles? ¿Acaso en el delirio mismo de mis solitarias horas he clamado una sola vez contra el destino por haberme elevado por vos y para vos por cima de la condición de los hombres? El destino me ha dado en vos, no una mujer sino una encarnación impalpable y sagrada de la belleza inmaterial. ¿Acaso el fuego celeste en que me abraso dulcemente no consume en mi toda impureza de deseos vulgares, convirtiéndome por completo en llama tan pura y tan suave como los rayos de vuestra alma que la han encendido y que la alimentan eternamente por medio de vuestros ojos? ¡Ah, Julia! formaos de vos una idea más digna de vos misma y no lloréis por los tormentos que creéis haberme impuesto: yo no padezco, mi vida es un continuo desbordamiento de felicidad, una plenitud de vuestra sola persona, una paz, un letargo en que sueño siempre con vos. Me habéis transformado en una naturaleza distinta. ¡Yo padecer! En verdad que alguna vez quisiera padecer realmente para tener algo que ofrecer al cielo a cambio de lo que me ha dado en vos, aunque no fuese más que el sentimiento de una privación y el amargor de una lágrima, porque sufrir por vos sería quizá la única cosa que podría añadir una gota más al torrente de felicidad que me inunda. Sufrir de esta suerte ¿es sufrir o es gozar? No; vivir así es morir, cierto; ¡pero es morir algunos años esta miserable vida para vivir por adelantado una vida multiplicada en nosotros!

CXV

Julia lo creía, yo mismo lo creía al decirlo. Tendía hacia ella mis manos suplicantes. Nos separábamos por fin después de estos coloquios, guardando el uno y llevando consigo el otro, para saborearla hasta el día siguiente, la impresión de la última mirada y el eco del último acento que debía darnos fuerza para soportar todo un día y esperar el venidero.

Cuando ponía el pie en la calle veía abrirse su ventana y la veía a ella reclinada en la barandilla siguiéndome con la vista hasta que la bruma del Sena impedía que la sombra de mi cuerpo se dibujara en el puente. Yo me volvía cada ocho o diez pasos para enviarle mi alma con mis miradas y mis suspiros que no podían abandonarla. Parecíame que mi ser se dividía en dos, de un lado mi pensamiento para remontar el vuelo y posarse cerca de ella; de otro, mi cuerpo alejándose solo como un autómata para llegar a pasos lentos envuelto en la sombra de las desiertas calles a la puerta de la casa donde volvía a acostarme.

CXVI

Así se deslizaron sin más diversidad que la de mis estudios y nuestras impresiones, los deliciosos meses del invierno.

Estaban ya para terminar: los primeros esplendores de la primavera comenzaban a lucir en los empinados tejados y en el húmedo y oscuro suelo de las calles de París. Mi amigo V..., llamado por su madre, partió dejándome solo en el cuartito en que me había recibido. V..., debía volver en otoño. Había pagado aquella habitación para todo el año. Incluso en su ausencia me dejaba su fraternal hospitalidad. Le vi marchar no sin grande opresión en el corazón. Ya no tenía a quien hablar de Julia; mis sentimientos iban a gravar sobre mi corazón con tanta mayor pesadumbre, cuanto que ya no podría depositarlos en otro corazón. Por entonces era una carga de felicidad que aún podía conllevar; pero pronto se convirtió en pesadumbre de angustias que no podía confiar a nadie y menos aun a la mujer a quien amaba.

CXVII

Mi madre me escribió que la muerte había castigado tan duramente a nuestra familia con desastres de fortuna imprevistos y apuros domésticos, que la casa paterna tan holgada, tan abierta y tan hospitalaria en otros tiempos, había venido a parar a un estado de indigencia relativa que obligaba a mi pobre padre a reducir mi pensión a la mitad para atender, aun con trabajo, a la crianza y educación de mis seis hermanos.

No había, pues, más remedio –me decía– que darme prisa a encontrar en París medios decorosos de atender a mi subsistencia, o bien volver a la casa paterna a comer en el campo el pan de la familia modesta y resignadamente. La ternura de mi madre era un consuelo anticipado de esta dolorosa necesidad. Me pintaba la felicidad que para ella sería el volverme a tener a su lado, describiendo con seductores colores los trabajos del campo y los sencillos placeres de la vida rural. Por otra parte, algunos amigos del juego y de los placeres de los primeros años de desorden, venidos a menos, me buscaron y me recordaron pequeñas obligaciones que con ellos había contraído, suplicándome que les socorriese. De esta suerte, me despojaron poco a poco del tesoro que a fuerza de privaciones había ahorrado para continuar viviendo en París. Vi el fin de mi bolsa, y pensé en tentar por fin fortuna por la publicidad.

Una mañana después de una violenta lucha entre mi timidez y mi amor, pudo más el amor. Guardé bajo los vestidos mi pequeño manuscrito empaquetado que contenía las poesías, mi última esperanza. Me dirigí, no sin vacilar y desistir muchas veces de mi intento, hacia la casa de un célebre editor cuyo nombre va unido a la gloria de las letras y de la librería francesas, M. D...

Me fijé desde luego en este nombre, porque independientemente de su celebridad como editor, M. D... era además un escritor bastante estimado por entonces. Había publicado sus propios versos con todo el lujo y con todo el aparato propio de un poeta que tiene en las manos la trompeta de su propia fama. Llegado que hube a la calle Jacob y a la puerta de M. D..., puerta materialmente alfombrada de glorias literarias, tuve que hacer un violento esfuerzo sobre mí mismo para pasar el umbral, otro aun para subir la escalera y otro más violento aun para tocar a la campanilla de su gabinete; pero veía a mis espaldas el adorado semblante de Julia que me alentaba y su mano que me empujaba; tuve valor para todo.

M. D..., hombre de edad madura, de fisonomía bien delineada y comercial, de frase limpia y concisa, como un hombre que sabe apreciar el valor de los minutos, me recibió atentamente. Me preguntó qué tenía que decirle. Balbuceé largo rato perdiéndome en el laberinto de esas frases ambiguas tras de las cuales se oculta un pensamiento que quisiera y no se atreve a manifestarse. Ganando tiempo creía hacer acopio de valor. Por fin me desabroché la levita y saqué mi volumen que presenté humildemente y con mano temblorosa a M. D... Díjele que había escrito aquellos versos y que deseaba hacerlos imprimir para alcanzar, si no la gloria, que esto hubiera sido en mi ridícula ilusión, al menos, la atención y la benevolencia de los magnates de la literatura; que mi pobreza no me permitía costear la impresión y que venía a someterle mi trabajo y a rogarle que lo publicara si después de haberlo hojeado lo juzgaba digno de alguna indulgencia o de algún favor de las gentes doctas.

M. D... se sonrió con una especie de ironía bondadosa, movió la cabeza, tomó el manuscrito entre sus dedos acostumbrados a manejar desdeñosamente los papeles, lo dejó sobre la mesa, me citó para darme, al cabo de ocho días, respuesta a mi demanda y salí.

Aquellos ocho días me parecieron ocho siglos. Mi porvenir, mi fortuna, mi nombre, el consuelo o la desesperación de mi pobre madre, mi amor, mi vida en fin, o mi muerte, estaban en manos de M. D... A veces me imaginaba verle leyendo mis versos poseído de la misma emoción que me los había inspirado en las altas crestas o a orilla de los torrentes de mi país; creía verle aspirando el rocío de mi alma, las lágrimas de mis ojos, la sangre de mis venas, reuniendo para juzgar estos versos, a sus amigos los literatos, cuyos aplausos me parecía oír desde el fondo de mi alcoba. Otras veces me avergonzaba interiormente de haber entregado a la inspección de un desconocido un trabajo tan indigno de ver la luz pública, de haber descorrido el velo que ocultaba mi debilidad y mi desnudez por una vana esperanza de éxito que probablemente se traduciría en humillación sobre mi frente en vez de convertirse en alegría y en oro entre mis manos. A pesar de todo, la esperanza que era tan obstinada como mi indigencia, volvía a hacerse dueño de mis sueños y me conducía paso a paso hasta el momento designado por M. D.

CXVIII

Las fuerzas me faltaron al subir, al cabo de ocho días, su escalera. Permanecí largo tiempo en pie en el descansillo sin atreverme a llamar. Salió uno y dejó la puerta abierta; no había más remedio que entrar. La fisonomía de M. D... era ambigua y carecía de toda expresión como la del oráculo. Me hizo sentar y buscando mi volumen entre montones de papeles, me dijo: «He leído vuestros versos, caballero; no carecen de talento, pero no revelan estudio alguno: no se parecen a nada de lo corriente y estimado de nuestros poetas; es verdaderamente difícil averiguar de dónde habéis tomado el estilo, las ideas y las imágenes de esta poesía; no hay manera de clasificarla entre los géneros conocidos; y es lástima, porque no carece de armonía. ¡Renunciad a estas novedades que desnaturalizarían el genio francés; leed a nuestros maestros, Delille, Parry, Michaud, Raynouard, Luce de Lancival, Fontanes; éstos son los poetas estimados del público; imitad a alguno de ellos si queréis ser reconocido y leído! No os aconsejaría bien si os aconsejara que publicarais este manuscrito, y seguramente no haríais negocio alguno si yo lo publicara a mi costa». Dicho esto se levantó y me devolvió el manuscrito. No intenté luchar con el destino que hablaba por boca de aquel oráculo. Guardé mi manuscrito, di gracias a M. D.... Le pedí perdón por el tiempo que le había hecho perder y bajé temblándome las piernas y arrasados los ojos de lágrimas los peldaños de la escalera.

¡Ah!, si M. D... hombre bueno, sensible y protector de las letras, hubiera podido leer en el fondo de mi corazón y comprender que no era ciertamente la fortuna ni la gloria lo que iba a mendigar aquel joven con su manuscrito bajo del brazo, sino que iba a pedirle el amor y la vida, seguro estoy de que hubiera impreso el volumen. El cielo, al menos, le hubiera recompensado por su buena obra.

CXIX

Volví a mi casa desesperado: el muchacho y el perro se admiraron de la sombría expresión de mi semblante y de mi obstinado silencio. Encendí la estufa y allí arrojé hoja por hoja, sin dejar una, el volumen entero. «Puesto que no sirves para proporcionarme un día de vida y de amor, exclamé broncamente al verlo arder, ¿qué me importa que la inmortalidad de mi nombre perezca contigo? Mi inmortalidad no es la gloria, es mi amor».

Aquel mismo día salí al caer la tarde y vendí el diamante de mi pobre madre. Hasta entonces lo había guardado con la esperanza de rescatar su valor con mis versos y devolverle su sortija intacta. Al dejarlo en manos del diamantista lo besé a hurtadillas, haciendo lo posible para ocultar mis lágrimas. El mismo mercader me pareció estremecido; comprendió perfectamente, por el dolor que no podía disimular al entregárselo, que aquella alhaja no había llegado de una manera ilícita a mis manos. Al contar los treinta luises en que lo ajusté, las monedas caían de mis manos como si fueran el precio de una profanación. ¡Oh!, ¡cuántos diamantes veinte veces más valiosos no hubiera yo dado después para rescatar aquel diamante único para mí, que más que diamante era un pedazo del corazón de mi madre, una de las últimas lágrimas de sus ojos, la luz de su amor!... ¿En qué manos habrá continuado luciendo?

CXX

Pero llegó la primavera. Los desocupados mataban el tiempo por las mañanas en el jardín de las Tullerías a la sombra de las verdes hojas y de las blancas y perfumadas flores de los castaños. De lo alto de los puentes se contemplaban por cima de Chaillot y de Passy las líneas de las colinas de Fleury de Meudon y de Saint-Cloud, interminables, onduladas y salpicadas de verdor. Estas colinas ofrecían el aspecto de islas de soledad y de frescura, elevándose en aquel océano de Creta y el corazón aspiraba al par que sus perfumes punzantes emociones de remordimiento y de quejas, aquellas colinas eran para mí como el recuerdo, la imagen y el ansia de la naturaleza que seis meses antes había relegado al olvido. La luna flotaba durante la noche con sus jirones de luz y sombra en la tibia superficie del río. El astro soñador abría a la extremidad del cauce del río avenidas luminosas y perspectivas fantásticas por las cuales iba perdiéndose la vista en sombríos y vaporosos paisajes. El alma se iba insensiblemente tras los ojos. Los escaparates de las tiendas, los balcones y las ventanas de los muelles estaban cubiertos de tiestos de flores que esparcían sus aromas sobre los transeúntes. En los ángulos de las calles y a la entrada de los puentes, las ramilleteras, detrás de una cortina de flores entreabiertas, agitaban ramas de lilas, como para perfumar la ciudad. En el gabinete de Julia, el hogar de la chimenea transformado en gruta de musgo, las consolas, las mesas sustentaban vasos de violetas, campanillas, rosas y primaveras. ¡Pobres flores arrancadas de los campos, verdaderas golondrinas metidas por aturdimiento en una habitación que se golpeaban las alas contra las paredes anunciando los hermosos días de abril a los pobres habitantes de los camaranchones!

El perfume de estas flores nos llegaba al corazón. La impresión de estos aromas y de estas imágenes llevaba como por la mano nuestros pensamientos hacia aquella naturaleza en cuyo seno habíamos sido tan felices en nuestro pensamiento y que habíamos relegado al olvido mientras los días fueron oscuros, el cielo estuvo desapacible y el horizonte cerrado. Encerrados en el estrecho gabinete en que componíamos el uno para el otro el universo entero, no podíamos pensar que existiese otro cielo, otro sol, otra naturaleza fuera de nosotros mismos. Los hermosos días de la primavera, irradiando sobre los edificios de una ciudad inmensa, vinieron a recordárnosla. Nos sentimos conmovidos, apesadumbrados y atraídos por un invencible instinto a contemplarlos, saborearlos y aspirarlos más de cerca en los bosques y en las soledades de los alrededores de París. Parecíamos, al darnos cuenta de este irresistible deseo y al hacer proyectos de largos paseos por los bosques de Fontainebleau, de Vincennes, de Saint-Germain y de Versalles, que volveríamos a encontrar nuestros bosques y nuestras aguas de los valles alpinos. Lo que era indudable, por lo menos, es que volveríamos a ver el mismo sol y las mismas sombras y que reconoceríamos los sonoros lamentos de los mismos vientos en las ramas.

CXXI

Si merced a la primavera el cielo recobraba su pureza y las plantas su savia, Julia adquiría una juventud más palpitante y más lozana: el tinte de sus mejillas era más vivo, sus miradas más azules y más penetrantes, había más emoción en su acento, más languidez en sus suspiros, más soltura en su andar, más gracia infantil en sus actitudes. La fiebre de la vida que la agitaba se manifestaba hasta en lo interior de su gabinete prestando más viveza a sus palabras, más inquietud a sus piececillos. Por la noche dejaba abiertas las cortinas y a cada instante iba a reclinarse en la barandilla de su ventana para aspirar la frescura del ambiente, los rayos de la luna, las bocanadas de aire vegetal que siguiendo el valle de Meudon llegaban todavía tibias hasta las habitaciones de los muelles.

«¡Oh! ¡demos algunos días de fiesta a nuestras almas en medio de todos nuestros días de felicidad! No seamos nosotros los más sensibles y los más reconocidos de todos los seres, para los cuales Dios reanima sus cielos y su tierra, los únicos para quienes los reanime en vano. ¡Sumerjámonos juntos, en ese aire, en esa luz, en esas yerbas, en esas ramas, en ese océano de vegetación y de animación que en este momento inunda la tierra! ¡Corramos a ver por si acaso alguna de las obras de su creación ha envejecido, si ha perdido su gracia alguna de las ondas o su sonoridad alguna de las notas de aquel entusiasmo que cantaba, inspiraba, amaba y prorrumpía en exclamaciones en nuestro interior allá en lo alto de las montañas o en la superficie de las aguas de nuestra Saboya!».

—Corramos –dijo Julia–, no por eso sentiremos más, ni amaremos mejor, ni aumentarán nuestras bendiciones, pero habrá en la tierra un rincón más al cual habremos hecho testigo de la felicidad de dos pobres seres. Aquel templo de nuestro amor que sólo se encontraba en nuestras queridas montañas lo hallaremos por donde quiera que hayamos marchado y respirado juntos.

CXXII

El anciano nos animó a emprender estas excursiones por los hermosos bosques que rodean a París. Los médicos le habían hecho concebir las esperanzas de que el aire vegetal, el contacto del sol que todo lo vivifica y un ejercicio moderado en campo abierto afirmarían la enfermiza delicadeza de los nervios de Julia y prestarían elasticidad a su corazón.

Todos los días de sol durante las cinco primeras semanas de la primavera iba yo a mediodía a recogerla a su puerta. El coche de que nos servíamos era cerrado a fin de cortar las miradas y las observaciones ligeras que los transeúntes que pudieran conocernos o los desconocidos podrían hacer al ver una joven tan encantadora sola con un hombre de mi edad, que no se le parecía lo bastante para pasar por hermano suyo. Nos apeábamos a la entrada de los grandes bosques, al pie de las colinas o a las puertas de los parques de los alrededores de París. Buscábamos en Fleury, Meudon, Sévres. Satory, Vincennes las más largas y solitarias avenidas, alfombradas de yerba en flor en las que no entran caballos, fuera de los días de cacería real. No solíamos encontrar más que algunos muchachos o algunas pobres mujeres que escarbaban la tierra con un cuchillo para coger achicorias. De vez en cuando, alguna gacela espantada sacudía el follaje y atravesaba la calle volviéndose a meter, apenas nos veía, en la espesura. Caminábamos en silencio, a veces uno detrás de otro, a veces dándole yo el brazo. Hablábamos del porvenir, de la felicidad que sería el poseer uno sólo, de tantos millares de fanegas de tierra deshabitadas con una pequeña casa de guarda bajo una añosa encina. Soñábamos en voz alta: cogíamos violetas o flores de yerba soltera, con las cuales hacíamos jeroglíficos, verdaderas cartas de flores que conservábamos en hojas lisas de heléboro que representaban para nosotros un recuerdo, una mirada, un suspiro, una plegaria y que nos reservábamos para leerlas cuando nos separábamos. Aquellas combinaciones debían recordarnos eternamente lo que no queríamos olvidar de nuestros deliciosos coloquios.

Nos sentábamos a la sombra, en la orilla del camino, abríamos un libro y tratábamos de leer, pero nunca podíamos acabar una página. Preferíamos leer en nosotros mismos las páginas inagotables de nuestras propias impresiones. Iba yo a buscar pan moreno y leche a alguna quinta cercana y comíamos en la yerba dejando el resto del vaso a las hormigas y las migajas a los pajarillos. Al ponerse el sol volvíamos al tumultuoso océano de París, el ruido y la gente nos entristecían. Dejaba a Julia loca de contenta en su puerta y volvía lleno de felicidad a mi cuartito desierto, cuyos muros me daba gana de golpear para que al derrumbarse me diera la luz, la naturaleza y el amor de que me privaban. Comía sin gana, leía sin enterarme, encendía mi lámpara y esperaba contando los minutos a que la noche avanzara lo bastante para atreverme a volver a su puerta y volver a pedir a la noche los placeres.

CXXIII

Al día siguiente, emprendíamos la misma caminata. ¡Ah!, ¡cuántos troncos de árboles de aquellos bosques están señalados por mi cuchillo en la raíz o en la corteza con un signo, que me los hará reconocer eternamente! Son los árboles de cuya sombra ella disfrutó o al pie de los cuales respiró un soplo de vida, un rayo de sol o una emanación de la selva. El transeúnte los mira sin pensar que para alguien son las columnas de un templo cuyo devoto está en la tierra y cuya divinidad voló al cielo. Aún voy a visitarlos una o dos veces cada primavera en los aniversarios de aquellos paseos. Cuando el hacha los derriba, me parece que me hiere a mí mismo y que se lleva un pedazo de mi corazón!

CXXIV

Hay en la cumbre más elevada y más habitualmente aislada del parque de Saint-Cloud, en el punto en que el cerro se redondea para inclinarse en dos pendientes contrarias, la una hacia el valle de Sévres, la otra hacia el barranco del castillo, una encrucijada formada por el encuentro de tres largas alamedas. Estas alamedas se encuentran allí y forman al encontrarse una ancha pradera escueta. La vista desde allí descubre a lo lejos al raro paseante que viene a turbar la tranquilidad de la mañana.

Este promontorio de colinas domina los llanos de Issy, el curso del Sena y el camino de Versalles. Encajonado entre las tres lenguas del bosque que avanzan en triángulo entre las alamedas, sumergido bajo las largas sombras de los árboles que le rodean, parece la cuenca de un lago en el que las yerbas y las hojas fuesen las aguas. Si se mira hacia el valle de Sévres, se ve sólo en perspectiva una ancha y larga pradera en pendiente. Esta pradera baja rápidamente hacia el río, como una cascada de heno verde ondulando sus tallos al viento. La pendiente va a perderse en el fondo del valle, en masas negras de sotos poblados de corzos. Por encima de estos sotos se ven, al otro lado del Sena, los grandes techos de pizarra azulada y la cima de los parques majestuosos de Meudon, que se destacan sobre el cielo del estío. A este promontorio, donde se goza a la vez de la elevación de un cabo, del silencio y del abrigo de un valle y de la soledad de un desierto es a donde veníamos frecuentemente a sentarnos. El pecho allí respira mejor. El oído allí escucha con más recogimiento. El alma desde allí toma más alto su vuelo para remontarse sobre los horizontes de la vida.

CXXV

Subimos allí una de las primeras mañanas del mes de mayo. Era la hora en que la inmensa floresta no tiene otros huéspedes que los gamos que vienen a dar saltos en sus alamedas desiertas. Algún que otro guardabosque las atraviesa como un punto negro en la extremidad del horizonte. Nos sentamos bajo el séptimo árbol que forma el semicírculo cóncavo de la encrucijada, en frente de la pradera de Sévres. Hay siglos en la armazón viviente de esta encina y en la corteza de sus ramas. Sus raíces, hinchándose de savia para nutrir y llevar a su tronco, han hecho saltar la tierra a sus pies, y la rodean de un talud de musgo; este musgo forma un banco natural, del que la encina misma es el respaldo y del que las hojas bajas son el dosel.

La mañana estaba tan transparente como el agua del mar, al salir el sol, en un verdadero cabo de las islas del archipiélago. Los rayos de una primavera ya calurosa, caían de un cielo límpido sobre la colina poblada. Estos rayos salían de los sotos en hálitos débiles, como las olas embebidas de sol que vienen a bañar en la sombra el pie de las bañistas. No se oía otro ruido que la caída de algunas hojas secas del invierno precedente. Caían al impulso de la savia al pie del árbol para dar lugar a las nuevas hojas apenas desarrolladas. El vuelo de los pájaros rozando con sus alas las ramas de alrededor de sus nidos, el oído percibía un vago, un universal zumbido de insectos ebrios de luz, saliendo y entrando como una polvareda a la menor ondulación de los henos en flor.

CXXVI

Había tal consonancia entre nuestra juventud y esta juventud del año y del día, tan completa armonía entre esta luz, este calor, este esplendor, estos silencios, estos ligeros ruidos, esta embriaguez pensativa de la naturaleza y nuestras propias impresiones, nos sentimos tan deliciosamente confundidos y transfigurados en este aire, en este firmamento, en esta vida, en esta paz, en esta inmutabilidad visible de la obra de Dios alrededor de nosotros, nos poseíamos tan perfectamente uno y otro en esta soledad, que nuestros pensamientos y nuestras sensaciones superabundantes, pero satisfechas, se bastaban. No tenían ni aun la fatiga interior de buscar palabras para expresarse. Estábamos como el vaso lleno cuya plenitud misma hace al líquido inmóvil. Nada más podían contener nuestros corazones, pero nuestros corazones eran bastante grandes para contenerlo todo. Nada trataba de escaparse. Apenas se nos hubiera oído respirar.

No sé cuánto tiempo estuvimos así mudos e inmóviles uno al lado del otro, sentados sobre las raíces de la encina, con las manos sobre los ojos, la cabeza en las manos, los pies en el rayo de sol sobre la yerba, la sombra sobre nuestras frentes. Cuando yo levanté la cabeza, la sombra había ya retrocedido delante de nosotros sobre el césped, en toda la anchura del pliegue del vestido de Julia.

La miré. Levantó su rostro, como movida por el mismo impulso que me había hecho levantar el mío. Me miró y sin poder decirme una palabra, comenzó de pronto a llorar.

—¿De qué lloráis? –le dije con inquieta emoción, pero a media voz, temiendo turbar y distraer sus mudos pensamientos.

—De felicidad –me respondió.

Sonreía con los labios, mientras que gruesas lágrimas corrían y brillaban como un rocío de primavera sobre sus mejillas.

—¡Oh! Sí, de felicidad –añadió–; este día, esta hora, este cielo, este sitio, esta paz, este silencio, esta soledad con vos, esta completa asimilación de nuestras dos almas que no necesitan hablar para comprenderse y que respiran ambas en un mismo soplo, ¡esto es demasiado! ¡Es demasiado para una naturaleza mortal a la que el exceso de alegría puede ahogar lo mismo que el exceso de dolor y que no teniendo ni un grito en el pecho, gime de no poder gemir y llora de no poder agradecer demasiado!...

Se detuvo un momento. Sus mejillas se colorearon. Temí que la muerte la cogiese en aquella expansión. Su voz me tranquilizó en breve.

—¡Rafael!, ¡Rafael! –exclamó con una solemnidad de acento que me extrañó y como si me anunciase una gran noticia, mucho tiempo y con ansia esperada–. ¡Rafael!, ¡hay un Dios!

—¿Y quién, al fin, os lo ha revelado hoy mejor que otro día? –le dije.

—¡El amor!... –me respondió levantando lentamente hacia el cielo las pupilas de sus hermosos ojos mojados–; sí, el amor del que acabo de sentir correr torrentes por mi corazón con sus murmullos, sus saltos y sus plenitudes como yo no había sentido hasta ahora con la misma fuerza y con la misma paz. No, no dudo ya –continuó con un acento en que la certeza se mezclaba con la alegría–; la fuente de donde puede correr en el alma tal felicidad, no puede estar en la tierra, esta fuente no puede perderse en ella después de haber brotado! ¡Hay un Dios! Hay un eterno amor del que el nuestro no es más que una gota. Iremos a confundirla juntos en el océano divino de donde la hemos sacado. ¡Este océano es Dios! ¡Yo le he visto, le he sentido, le he comprendido en este momento por mi felicidad! ¡Rafael! ¡esto no es más para vos sino que yo amo; esto no es más para mí sino que vos amáis; éste es Dios, que adoraremos en adelante uno y otro! ¡Vos a través de mí!, ¡yo a través de vos! ¡Vos y yo a través de estas lágrimas de beatitud que nos revelan y que nos ocultan a la vez el inmortal hogar de nuestros corazones!

—Concluyan –añadió con mayor ardor en la mirada y en el acento–, concluyan los vanos nombres que hasta aquí hemos dado a nuestra inclinación del uno al otro! No hay más que una palabra que la exprese; ésta es la que viene al fin a revelárseme en vuestros ojos: ¡Dios!, ¡Dios!, ¡Dios! –gritó aún, como si hubiera querido enseñarme ella misma una lengua nueva–. ¡Dios, esto es, vos! ¡Dios, esto es, yo para vos! ¡Dios, esto es, nosotros! Rafael, ¿me comprendéis? ¡No, ya no seréis más Rafael, sois mi culto de Dios!

Nos levantamos en un arranque de entusiasmo. Abrazamos la corteza del árbol, la bendecimos por la inspiración que había bajado de sus ramas. ¡Y le dimos un nombre, le llamamos el árbol de la adoración!

Bajamos a paso lento la rampa de Saint-Cloud para volver a entrar en el bullicio de París. Pero Julia entraba en él con la fe y el sentimiento de Dios encontrados al fin en su felicidad, yo con la alegría de conocer en el corazón esta fuente interior de consuelo, de esperanza y de paz!

CXXVII

En poco tiempo los gastos que yo tenía necesidad de hacer y con los que yo ocultaba mi penuria a Julia para acompañarla así casi todos los días al campo, habían de tal modo disminuido el producto de la venta del último diamante de mi madre, que no me quedaban más que diez luises. Caí en un acceso de desesperación al contar aquella tarde el corto número de días felices que me representaba esta escasa suma. Habría enrojecido de vergüenza al confesar el exceso de mi indigencia a la que amaba. Poco rica ella misma, habría querido darme todo lo que poseía; mis relaciones con ella habrían quedado degradadas a mis ojos. Yo amaba más mi amor que la vida; pero habría querido mejor morir que envilecer mi amor.

La vida sedentaria que había llevado todo el invierno en la oscuridad de mi alcoba, la obstinación de mis estudios del día, la tensión de una sola idea, la ausencia de sueño por la noche, y por encima de todo esto el abatimiento moral que el perpetuo desborde de las fuerzas del alma había hecho sentir a un corazón demasiado débil para sufrir un éxtasis continuo de diez meses, habían minado mi organismo. No era más, bajo un rostro pálido y delgado, que una llama ardiendo sin alimento. Esta llama amenazaba consumir su propio hogar.

Julia me excitó a ir a respirar el aire natal y a dejarla disfrutar aún de su felicidad. Me envió su médico para añadir la autoridad del arte a las súplicas del amor.

Este médico, o mejor este amigo, el doctor Alain, era uno de esos hombres de bendición, cuya fisonomía parece llevar un reflejo del cielo a la mansión de los pobres a quienes va a visitar. Padeciendo él mismo de una enfermedad de corazón, seguida de una pasión misteriosa y pura por una de las más hermosas mujeres de París, poseedor de una pequeña fortuna, suficiente a la sobriedad de su vida y a sus limosnas, hombre de una piedad tierna, activa, tolerante, no ejercía su profesión sino con algunos amigos y con los indigentes. Su medicina no era otra que la amistad o la caridad en acción. Esta profesión es tan bella, cuando no es avariciosa, ejercita tanto la sensibilidad humana que principiando como una profesión, concluye frecuentemente como una virtud. La medicina había venido a ser para el pobre doctor Alain más que una virtud, la pasión de aliviar las miserias del alma y del cuerpo. ¡Estas miserias se tienen algunas veces tan cerca! Alain llevaba a Dios allí donde llevaba la vida. Hacía resplandecer la serenidad y la inmortalidad hasta en la muerte.

Yo le he visto morir algunos años después con esa muerte de los buenos y de los justos. ¡había hecho su aprendizaje a la cabecera de tantos moribundos! Clavado durante seis meses de agonía sin movimientos en su lecho, contaba con la vista las horas que le separaban de la eternidad. Un pequeño péndulo estaba colgado al pie de su cama. Entre sus manos, juntas sobre el pecho, tenía un crucifíjo, modelo de paciencia. Sus miradas no se separaban de este celestial amigo, como si sus pláticas hubieran sido al pie de la cruz. Cuando padecía más de lo que sus fuerzas podían soportar, pedía que se le aproximase un momento el crucifijo a la boca, y sus quejidos se confundían con sus bendiciones. Adormecíase al fin con sus esperanzas y con el bien que había hecho. Había encargado a los pobres y a los enfermos que llevasen delante de él su tesoro acumulado en obras al Dios de los misericordiosos. Murió sin dejar herencia, en una casa y sobre un lecho paupérrimos. Los pobres llevaron su cuerpo y a su vez le dieron la sepultura de la caridad en la tierra común. ¡Oh santa alma!, que yo veo aún brillar desde aquí sobre ese rostro de bondad y de satisfacción interior, tanta virtud, ¿no habrá sido más que una mentira para ti? ¿Te habrás desvanecido como el reflejo de mi lámpara sobre tu retrato, cuando mi mano retira la claridad que me ayuda a contemplarte? ¡No, no, Dios es fiel! Él no te habría engañado a ti que no hubieras querido engañar a un niño.

CXXVIII

El médico se adhirió a mí con el más tierno interés. Hubiérase dicho que Julia le había comunicado una parte de su ternura. Comprendió perfectamente mi mal, sin dejarme ver que lo comprendía. Conocía demasiado las pasiones morales para no comprender los síntomas en nosotros. Me mandó partir bajo pena de muerte. Me hizo imponer por Julia su propia orden. Le comunicó sus temores, le pidió prestada la tierna autoridad del amor para arrancarme al amor. Dulcificó la separación con la esperanza. Me mandó ir primero algún tiempo con mi familia y después volver a los baños de Saboya, donde Julia se reuniría conmigo al principio del otoño. Su piedad no pareció alarmarse por los síntomas de una pasión mutua que no podía evitarse apreciar entre esta mujer y este hombre jóvenes. Este fuego puro le pareció una falta, pero una purificación. Su fisonomía no nos reveló más que la indulgencia del hombre y la bondad de Dios. Así desató, para salvarnos a los dos, un nudo que iba ahogarnos en una misma muerte. Consentí al fin en partir el primero. Julia juró que me seguiría después. ¡Ah!, sus lágrimas, su palidez, el temblor de sus labios, lo aseguraban mejor que sus juramentos. Se convino que yo saldría de París tan pronto como mis fuerzas me permitiesen viajar. El 18 de mayo fue el día fijado para mi partida.

Una vez resuelta la separación, contamos los minutos por horas y las horas por días. Habríamos querido acumular y concentrar los años en un segundo para disputar y arrebatar por adelantado al tiempo la felicidad que íbamos a perder durante la ausencia. Estos días fueron de delicias, pero también de angustia y de agonía. Sentíamos en cada entrevista, en cada mirada, en cada apretón de manos, el frío del día inmediato que se aproximaba. Estas felicidades no son tales en realidad, son torturas del corazón y suplicios del amor.

Consagramos a nuestro adiós todo el día que precedió al de mi partida. Queríamos darnos este adiós, no en la sombra de los muros, que ahogan el alma, ni a vista de los importunos, que rechaza el corazón, sino bajo el cielo, al aire libre, a la luz, en la soledad y en el silencio. ¡La naturaleza se asocia a todas las sensaciones del hombre; las comprende, parece participar de ellas como un confidente invisible; las compadece para recogerlas y divinizarlas!

CXXIX

En la mañana de este día, un carruaje que yo había alquilado hasta la tarde nos llevó. Llevábamos los cristales bajados las cortinillas echadas. Atravesamos las calles casi desiertas, los barrios altos de París que confinan con el parque cercado de altas murallas de Monceaux. Este jardín, reservado entonces exclusivamente a los paseos de los príncipes que lo poseían, no se abría sino por la presentación de tarjetas de entrada, que se daban con una extrema parsimonia a algunos extranjeros o a algunos viajeros curiosos que deseaban ver esta obra maestra de la vegetación. Había obtenido estas tarjetas privilegiadas por medio de un amigo de la juventud de mi madre, empleado en la casa de los príncipes. Escogí esta soledad, porque sabía que los dueños estaban ausentes, que las entradas se habían suspendido y que los jardineros mismos estarían alejados para celebrar un día de fiesta y de holganza.

¡Este magnífico desierto, cubierto de florestas, entrecortado de praderas, regado por aguas corrientes o por estanques tranquilos, poetizado por monumentos, columnas, ruinas artificiales, imágenes del tiempo en que el arte ha imitado la vejez de las piedras y en que las hiedras corroen los restos no debía tener otros huéspedes, este día al menos, que los rayos del sol, los insectos, los pájaros y nosotros! ¡Ah, jamás su césped y sus hojas debían ser regados con más lágrimas!

Mas el cielo estaba tibio y resplandeciente, mas las sombras y la luz se combatían deliciosamente sobre la yerba a impulsos del viento de estío, como la sombra de las alas de un pájaro que persigue a otro; mas los ruiseñores lanzaban notas ebrias y balbucientes al aire sonoro; mas las aguas reflejaban con limpieza en su espejo pulido, los musgos, las margaritas, las yerbas doncellas azules tumbadas que tapizaban el talud de su lecho; mas esta alegría nos era triste y esta serenidad luminosa de una mañana de primavera contrastaba con la nube sombría que pesaba sobre nuestros corazones. En vano tratamos de engañarnos un momento recreándonos en la belleza del paisaje, en el brillo de las flores, en los perfumes del aire, en el espesor de la sombra, en el recogimiento de estos sitios que habrían bastado a abrigar el recogimiento de un mundo de amor. Echábamos sobre ellos por complacencia una mirada distraída, pero esta mirada cayó bien pronto al suelo. Nuestra voz, respondiendo por vanas fórmulas de alegría y de admiración, mostraba el vacío de las palabras y la ausencia de nuestros pensamientos, ¡estaban en otra parte!

En vano también nos sentamos uno al lado del otro al pie de las lilas más embalsamadas, bajo las ramas verdes de los más hermosos cedros, sobre los trozos acanalados de las columnas más sepultadas en la hiedra al borde de las aguas más recogidas en la pradera de sus estanques, para pasar allí las largas horas de la última conversación. Apenas habíamos escogido uno de estos sitios cuando una vaga inquietud nos obligaba a abandonarle para buscar otro. Aquí, la sombra, allí, la luz, más allá, el ruido importuno de la cascada o la obstinación del ruiseñor en cantar sobre nuestras cabezas, nos volvían todo este deleite amargo y todo este espectáculo odioso. Cuando el corazón está dolorido en el pecho, la naturaleza entera nos hace mal. El Edén mismo sería un suplicio más si en él fuese la escena de la separación de dos amantes.

En fin, cansados de errar sin encontrar un abrigo contra nosotros mismos desde hacía muchas horas, concluimos por sentarnos junto a un puentecito sobre un arroyo; estábamos sentados un poco lejos uno de otro, como si hasta el ruido de nuestras respiraciones nos fuese importuno o como si hubiéramos querido por instinto robarnos uno a otro el sordo murmullo de los sollozos interiores que sentíamos prontos a estallar en nuestros pechos.

Miramos mucho tiempo con distracción el agua verduzca y agitada; pasaba lentamente bajo el arco del puentecillo; ora arrastraba una blanca hoja de arbusto caída de la orilla, ora un nido vacío y velloso de pájaro que el viento había sacudido del árbol. De pronto, vimos flotar, las alas inmóviles y vueltas, el cuerpo de una pobre golondrinita de primavera; se había ahogado sin duda bebiendo en esta copa antes que sus alas fuesen bastante fuertes para sostenerla. Nos hizo recordar una golondrina que cayó un día muerta a nuestros pies desde lo alto de la torre desmantelada del viejo castillo, al borde del lago, y que nos había entristecido como un presagio. El pájaro muerto pasó lentamente por delante de nosotros, y la balsa de agua, sin hacer un pliegue, lo arrolló y tragó, poco a poco, bajo la noche profunda del arco del puente. Cuando el cuerpo del pájaro hubo desaparecido, vimos otra golondrina pasar y reposar cien veces bajo el arco dando pequeños gritos de angustia y frotando sus alas contra la armadura de la cintra. Nos miramos involuntariamente. No sé lo que se dirían nuestras miradas al encontrarse, pero la desesperación de un pobre pájaro encontró nuestros párpados tan llenos y nuestros corazones tan dispuestos a quebrantarse, que volvimos los dos al mismo tiempo el rostro y rompimos a sollozar. Una lágrima arrastra otra, un pensamiento a otro pensamiento, un presagio a otro presagio, un sollozo a otro sollozo. Tratamos algunas veces de hablarnos, pero el acento herido de la voz del uno destrozaba más la voz del otro. Concluimos por ceder a la naturaleza y por verter en silencio, durante las horas que la sombra sola midió, toda la cantidad de lágrimas que había en nuestras fuentes interiores. La yerba las embebió, el viento las enjugó, la tierra las absorbió. Dios las contó, los rayos del sol se las llevaron. No quedaba una gota de angustia en nuestras dos almas cuando nos levantamos uno delante de otro, casi sin vernos, a través de la nube que cubría nuestros ojos.

Tal fue nuestro adiós: una imagen fúnebre, un océano de lágrimas, un eterno silencio. Nos separamos así sin mirarnos más, por temor de caer de espaldas a consecuencia de esta medida. Este jardín, abandonado de nuestro amor y de nuestro adiós, no volverá a ver jamás la huella de mis pasos.

CXXX

A la mañana siguiente, iba yo rodando, anonadado y silencioso con la cabeza envuelta en mi manta, entre cinco o seis desconocidos que hablaban alegremente sobre la calidad del vino y el precio de la comida de la posada, en uno de esos carruajes comunes en que se amontonan los viajeros. Estaba sobre las colinas desnudas del camino del Mediodía. No despegué los labios ni una sola vez durante este largo y pesado viaje.

Mi madre me recibió con esa ternura serena y resignada que torna la desdicha en felicidad a su lado. Yo no le llevaba más que un cuerpo enfermo, esperanzas consumidas, su diamante gastado en vano para mi fortuna, una melancolía que ella atribuyó a la juventud ociosa, a la imaginación sin alimento; pero de la que yo la oculté cuidadosamente la verdadera causa, por temor de añadir a sus penas una nueva e irremediable además.

Pasé el estío solo, en el fondo de un valle desierto rodeado de montañas donde mi padre tenía una pequeña alquería cultivada por una familia de labradores. Mi madre me envió allí, confiándome al cuidado de estas buenas gentes para tomar aire y leche. Mi única ocupación fue contar los días que me separaban del momento en que debía ir a esperar a Julia en nuestro querido valle de los Alpes.

Sus cartas, que yo recibía, y a las cuales respondía todos los días, entretenían mi seguridad; disipaban, con su alegría y sus palabras cariñosas, la nube de presentimientos siniestros que nuestro adiós había dejado en mi alma. De vez en cuando alguna frase de desaliento y de tristeza, arrojada o involuntariamente olvidada, entre estas perspectivas de felicidad, como una hija muerta en medio de las hojas verdes de la primavera, me parecía algún tanto en contradicción con la calma y la excelente salud de que me hablaba, pero yo atribuía estas raras disonancias a algunas sombras de recuerdos o a alguna impaciencia por la lentitud de los días, sombras que habrían, al parecer, atravesado la página mientras escribía.

El aire elástico de las montañas, el sueño por la noche, las carreras del día, el trabajo del cuerpo en el jardín y en los prados de la alquería de mi padre, y sobre todo la aproximación del otoño y la certeza de volver a ver pronto a la que llevaba mi vida en su mirada, me hicieron restablecer en breve. No me quedaban otra clase de sufrimientos que una melancolía dulce y pensativa desparramada por mis facciones; era como una bruma en una mañana de estío, un silencio que parecía contener un misterio, un instinto de soledad que hacía creer a los campesinos supersticiosos de la montaña que yo conversaba con los genios de los bosques.

Toda ambición era acallada en mí por mi amor. Había aceptado mi pobreza y mi oscuridad sin arrepentimiento para toda mi vida. La resignación religiosa y tranquila de mi madre se había infiltrado en mi ánimo con sus santas y dulces palabras. No tenía otro sueño que el de trabajar, diez u once meses del año, con la mano o con la pluma, reunir así bastantes economías para ir a pasar un mes o dos junto a Julia todos los años; después, si el viejo, su apoyo, llegaba a faltarle, consagrarme como esclavo a su servicio, como Rousseau a madame de Warens, habitaríamos en alguna choza lejana de estas montañas o en los conocidos chalets de nuestra Saboya; allí viviría de ella como ella viviría de mí, sin volverme para sentir este mundo vacío y sin pedir al amor otra recompensa que la dicha de amar...

CXXXI

Una sola cosa me recordó con rudeza algunas veces esta región de mis sueños, era el genio cruel bajo cuya influencia había caído la casa paterna después de los gastos perdidos hechos por mí. La pérdida de las cosechas muchos años seguidos y otros accidentes de fortuna habían cambiado en casi pobreza la humilde medianía de mis padres. Cada vez que yo iba los domingos a ver a mi madre, me descubría sus angustias y vertía lágrimas delante de mí, las ocultaba a mi padre y a mis hermanas. Había yo caído por entonces en una extrema miseria. No vivía en la pequeña alquería sino de pan negro, de queso y de huevos del corral. Vendía secreta y sucesivamente en el pueblo todo lo que había traído de París, vestidos y libros, a fin de tener con qué pagar los portes de las cartas de Julia para las que hubiera vendido hasta las gotas de mi sangre.

Entretanto el mes de septiembre tocaba a su fin. Julia me escribía sus inquietudes por la salud de su marido, que debilitado de día en día (¡oh piadoso fraude del amor para disfrazar sus propios males y suspender mis cuidados!) la retenía más tiempo del que había creído en París. Pero me invitaba a partir sin pérdida de momento y a esperarla en Saboya. Allí se me reuniría sin falta, hacia fines de octubre.

Esta carta estaba llena de recomendaciones de la más tierna hermana para un hermano querido. Me conjuraba y me ordenaba, por la autoridad soberana de su amor que me guardase de un mal que se oculta a veces bajo las superficies más floridas de la juventud y que la seca y la corta de pronto en el momento en que cree haber triunfado. Esta carta contenía además una consulta y una prescripción de su medico y del mío, del compasivo doctor Alain.

Esta prescripción me imponía, en los términos más imperativos y bajo las amenazas más alarmantes, una larga estación en los baños de Aix. Mostré esta consulta del doctor Alain a mi madre para motivar mi partida. Había adquirido tan gran temor, que no cesaba de unir sus ruegos a las indicaciones de los médicos para obligarme a partir. ¡Pero, ah! En vano me dirigí a algunos amigos tan pobres como yo y a algunos usureros crueles, para encontrar la exigua suma de doce luises necesaria para mi viaje. Mi padre estaba ausente desde hacía seis meses. Mi madre no quería por ningún motivo agravar sus dificultades y sus inquietudes pidiéndole dinero. Él no podía pedir prestado sino descubriendo una penuria con la que ya estaba demasiado humillado. Me preparé, pues, a partir con los dos o tres luises en mi bolsillo, esperando encontrar el resto en el de mi amigo L..., en Chambery.

Pero pocos días antes de mi partida, mi madre, pensando en ello, una noche encontró en su corazón el manantial que sólo un corazón de madre podía encontrar.

CXXXII

Había, en uno de los ángulos del pobre jardín que cercaba por todos lados la casa paterna, un bosquecillo de árboles compuestos de dos o tres tilos, un roble verde y siete u ocho tortuosos carpinos, restos de un bosque plantado allí hacia siglos y que se había respetado sin duda como el genio del lugar cuando habían desmontado la colina, construido la casa y cercado de muros el jardín. Estos hermosos árboles eran el salón al aire libre de la familia en los días de estío. Sus botones en primavera, sus matices en otoño, sus hojas muertas en invierno reemplazadas por la escarcha que se extendía sobre sus viejas ramas con cabellos blancos, nos marcaban las estaciones. Su sombra que se replegaba bajo su pie o que se alargaba sobre la platabanda de césped que dominaba alrededor, nos marcaba las horas mejor que un cuadrante. Mi madre nos había criado, mecido, nos había enseñado a marchar sobre sus hojas. Mi padre se sentaba allí, con un libro en la mano, a la vuelta de la caza, su brillante escopeta colgada en una de las ramas y sus perros jadeando echados junto al banco. Yo mismo había pasado allí mis más dulces horas de la adolescencia, con Homero o Telémaco abiertos sobre la yerba delante de mí. Me gustaba echarme sobre el tibio césped, recortado delante del volumen donde los mosquitos y los lagartos me robaban algunas veces las líneas a mi vista. Los ruiseñores cantaban para la casa sin que se pudiese jamás descubrir su nido, ni aun la rama donde resonaba su voz. Este bosquecillo era la gloria, el recuerdo, el amor de todos. La idea de convertirlo en un pequeño saco de escudos, que no dejarían ni recuerdo en el corazón, ni alegría ni sombra a la familia, no podría ocurrir a nadie que no fuese una madre angustiada por la vida de su hijo único: esta idea le ocurrió a mi madre. Con la brevedad de instinto y la firmeza de resolución que la caracterizaban temiendo sin duda que el remordimiento se apoderase de ella o que mi cariñosa resistencia la detuviese si esperaba a consultarme, llamó a los leñadores; al despertar vio poner el hacha en las raíces llorando y retirándose para no oír la caída y los gemidos de estos antiguos abrigos de su juventud sobre el suelo y desnudo del jardín.

CXXXIII

Cuando al domingo siguiente, volviendo yo a M..., busqué con la vista, desde lo alto de la montaña, el grupo de árboles que manchaba tan agradablemente la colina y que robaba al sol una parte del muro parduzco de la casa, creí estar soñando, no viendo en su lugar más que un montón de troncos cortados, ramas descortezadas y chorreando savia cubriendo la tierra y el caballete de tablas de los serradores parecido a un instrumento de suplicio, en el que la sierra rechinaba hendiendo los árboles con sus dientes.

Corrí con los brazos extendidos hacia el muro exterior. Abrí temblando la pequeña puerta del jardín... ¡Ah! no quedaba en pie más que el roble verde, un tilo y el más antiguo de los carpinos bajo los cuales se habían aproximado el banco. «Esto es bastante –dijo mi madre que venía hacia mí ocultando sus lágrimas y echándose en mis brazos–, la sombra de un árbol vale tanto como la de una floresta. ¿Y después de todo qué sombra valdría para mí como la tuya? No me digas nada. He escrito a tu padre que los árboles se marchitaban y perjudicaban la huerta. Esto era verdad. ¡No hablemos más!...». En seguida, entrando en la casa, abrió su escritorio y sacando un saco a medio llenar de escudos: «¡Toma –me dijo– y parte! ¡Los árboles estarán muy bien pagados si tú vuelves curado y dichoso!».

Cogí el saco abochornado y sollozando. Había seiscientos francos. Pero resolví devolvérselo entero a mi pobre madre.

CXXXIV

Partí a pie, con mis botines de cuero en las piernas y mi escopeta al hombro, como un cazador. No había tomado del saco más que cien francos añadidos a lo poco que yo tenía y al producto de los últimos vestidos que vendí a fin de no costar nada a mi madre. El precio de los árboles me habría ahogado. Lo dejé oculto en la alquería para entregárselo a mi vuelta a la que tan heroicamente se lo había arrancado del corazón para mí.

Comía y dormía en los más humildes figones de las aldeas. Me tomaban por un pobre estudiante suizo que iba a entrar en la universidad de Estrasburgo. No me pedían más que el estricto valor del pan que había comido, de la luz que había encendido, del lecho en que había dormido. No había llevado más que un libro, que leía por las tardes sentado en el banco, delante de la puerta. Era *Werther* en alemán. Sus caracteres desconocidos confirmaban a mis huéspedes en la idea de que yo era un viajero extranjero.

Atravesé así las largas y pintorescas gargantas del Bugey. Atravesé el Ródano al pie de las rocas de Pierre Châtel. El río encauzado lava constantemente la base de esta roca con una onda tan rápida como la meseta y tan cortante como un cuchillo, como para desplomar esta prisión de estado que entristece su lecho con su sombra. Trepé lentamente al monte del Gato por los senderos de los cazadores de gamuzas. Cuando llegué a la cúspide, vi a mis pies los valles de Aix y de Chambery, el de Annecy, en lontananza y más debajo de mí, el lago salpicado de tintas rosadas por los rayos flotantes del sol de la tarde. Me pareció que una sola figura resplandecía para mí en la inmensidad de este horizonte. Se elevaba de las cabañas en que nos habíamos encontrado, del jardín del viejo médico, cuyo techo puntiagudo de pizarras reconocía por encima de las chimeneas del pueblo de las higueras del castillejo de Bon-Port en el fondo de una ensenada opuesta, de los castaños de la colina Tresserves, de los bosques de San Inocente, de la isla de Châtillon, de las barcas que entraban en las radas, de toda esta tierra, de todo este éter, de todas estas aguas.

Caí de rodillas ante este horizonte lleno de una sombra; abrí los brazos y los cerré como si hubiese abrazado su alma, abrazando el aire que había pasado sobre todas estas escenas de nuestra felicidad, sobre todas estas huellas de sus pasos. En seguida me senté detrás de una roca cubierta de bojes, que impedía verme ni aun a los pastores que pasaran por el sendero.

Allí permanecí en la contemplación y en los recuerdos hasta que el sol tocaba casi las cimas de nieve de Nivolex. No quería ni atravesar el lago ni entrar en el pueblo de día. La rusticidad de mi traje, la indigencia de mi bolsillo, la frugalidad de vida a que la necesidad me condenaba para vivir algunos meses cerca de ella, habrían parecido demasiado extraños a los habitantes y a los huéspedes de la casa del viejo médico. Todo esto contrastaba bastante con la elegancia de trajes, de costumbres y de vida que había mostrado el año anterior. Habría avergonzado a la que me hubiese aproximado presentándome en las calles como un joven que no tiene ni aun con qué alojarse en una fonda decente en esta residencia de lujo. Mi resolución estaba tomada, era introducirme de noche en el arrabal de chozas que está a la orilla de un riachuelo que corre entre las huertas de la parte baja del pueblo.

Allí conocía yo una pobre criada llamada Francisca. Se había casado el año anterior con un batelero y reservaba una o dos camas en el granero de su cabaña para alojar y dar de comer en ella a uno o dos pobres enfermos indigentes por algunos céntimos diarios. Había hecho que me reservasen una cama y un sitio en esta pobre mesa de la buena sirviente recomendándola el secreto. Mi amigo L..., de Chambery, a quien yo había escrito indicándole el día de mi llegada a las orillas del lago, había venido por sí mismo, algunos días antes a prevenir a Francisca y comprometer mi alojamiento. Le había rogado además que recibiese con sus señas en Chambery las cartas que me escribieran de París. Debía enviármelas por el conductor de los carruajes que continuamente hacen el viaje entre uno y otro pueblo. Por mi parte tenía que mantenerme encerrado durante mi estancia en Aix, en la pequeña habitación de la cabaña del arrabal o en las huertas inmediatas, todo lo que durase el día. No saldría sino muy entrada la noche. Subiría por fuera de la ciudad hasta la casa del antiguo médico. Entraría por la puerta del jardín que da al campo. Pasaría las horas solitarias de la tarde en deliciosos monólogos. Sería dichoso sufriendo esta penuria y esta humillación mil veces recompensada por estas horas benditas. Así conciliaría, pensaba entre mí, el respeto que debía al sacrificio hecho por mi pobre madre y el culto a la imagen que venía a adorar.

CXXXV

Por una piadosa superstición del amor, había medido mis pasos, en mi largo camino a pie, de manera que llegase al otro lado del monte del Gato, a la abadía de Haute-Combe, el día del aniversario en que se había realizado el milagro de nuestro primer encuentro y de la revelación de nuestros dos corazones, en la pobre cabaña de los pescadores a orillas del lago. Me parecía que como en las demás cosas humanas había días predestinados y que encontrando el mismo sol, el mismo mes, la misma fecha, en el mismo lugar encontraba una parte de lo que yo sentía: Sería éste al menos un augurio de nuestra próxima y larga reunión.

CXXXVI

Desde el borde de las rampas cortadas a pico que bajan de la cumbre del monte del Gato hacia el lago vi a mi izquierda las antiguas ruinas y largas sombras de la abadía que se reflejaban en negro, sobre la vasta extensión de las aguas. En pocos minutos llegué allí.

El sol se ocultaba detrás de los Alpes. El largo crepúsculo de otoño envolvía las montañas, las orillas y las aguas. No me detuve en las ruinas. Atravesé rápidamente la huerta en que nos habíamos sentado, al pie de la pila de heno cerca de las colmenas. Las colmenas y la pila de heno existían aún, pero no se veía ni la claridad del fuego a través de las vidrieras de la cabaña, ni humo por encima del tejado, ni redes colgadas para secarse en las empalizadas del jardín.

Llamé, no me respondieron. Sacudí el picaporte de madera y la puerta se abrió sola. Entré en la pequeña sala de paredes ahumadas. El hogar estaba limpio hasta de cenizas. La mesa y los muebles habían sido llevados. Las losas de piedra del piso estaban cubiertas de pujas y plumas caídas de cinco o seis nidos vacíos de golondrinas, colgados como una cornisa de las vigas negras del techo. Subí la escalera de madera sujeta al muro por una armella de hierro, servía de escalera a la habitación alta en que Julia había vuelto en sí de su desvanecimiento, con la mano sobre mi frente; entré allí como se entra en un santuario o en un sepulcro y recorrí toda la habitación con mis miradas. Las camas de madera, los armarios, los asientos habían desaparecido. Un ave nocturna agitó pesadamente las alas al ruido de mis pasos, batió las paredes con sus plumas y se escapó, dando un grito por la ventana abierta al campo.

Apenas pude reconocer el sitio en que me había arrodillado, durante aquella terrible y deliciosa noche, al pie del lecho o ataúd de la joven muerta. Besé el suelo. Me senté largo rato sobre el reborde de la ventana, tratando de recomponer en mi memoria el lugar, los muebles, la cama, la lámpara, las horas, todo esto había quedado en mí, cuando todo había desaparecido de la casa en un año de ausencia. Nadie había en los alrededores desiertos de la choza que pudiese darme noticia sobre las causas del abandono de esta mansión. Creí comprender por las pilas de hazas de leña que quedaban en el corral, por las gallinas y palomas que volvían a acostarse en el cuarto o sobre el techo y por las cimas de heno y de paja intactas en la huerta, que la familia habría ido a hacer el agosto tardío en las granjas altas de la montaña y que no bajaría hasta el invierno.

Esta soledad de que me había apoderado me pareció triste, menos triste, sin embargo, que la presencia y los pasos de indiferentes en este lugar sagrado para mí. Habría necesitado contener ante los hombres mis ojos, mi voz, mis gestos y las impresiones que me asaltaban. Resolví pasar allí la noche. Subí un haz de paja fresca, la extendí sobre el suelo en el sitio mismo en que Julia había dormido su sueño de muerte. Coloqué mi escopeta contra la pared. Saqué de mi morral un pedazo de pan y un poco de queso de cabras que había comprado en Seyssel para sostenerme en el camino. Fui a cenar a orillas de la fuente que corre y que se detiene alternativamente, como una respiración intermitente de la montaña, sobre una meseta verde por encima de las ruinas de la abadía.

CXXXVII

Tiénese, desde el borde de esta meseta y desde las azoteas del antiguo monasterio, a estas horas de la tarde, el más embriagador horizonte de que es dado gozar a un solitario, a un observador o a un amante, la sombra verde y húmeda de la montaña con el ruido de su fuente y del roce de sus follajes detrás de sí, las ruinas, los lienzos de pared festoneados de hiedra, los arcos llenos de noche y de misterio, el lago y sus olas muertas desarrollando lentamente una a una sus franjas de pequeñas espumas como los pliegues de la sábana de su cama, para amortiguar su sueño sobre la arena fina, al pie de las rocas. En la orilla opuesta, las montañas azuladas vestidas de sombras transparentes, a la derecha, en el otro extremo, perdiéndose de vista el camino luminoso que traza y tiñe de púrpura sobre el agua y sobre el sol, al retirarles su esplendor.

Soñé en estas sombras y en esta luz, en estas nubes y en estas aguas; me incorporé esta naturaleza y creí que así me incorporaba la imagen de la que para mí era toda esta naturaleza. Yo me decía: «¡La he visto allí! He ahí la distancia a que estaba de su bote cuando la vi luchando con la tormenta. He ahí la playa en que tomó tierra. He ahí la huerta en que pasamos juntos esta larga entrevista, al sol, y en la que volvió a la vida para darme dos vidas. He ahí, en lontananza, las copas de los álamos de la gran calle que se desarrollan como una serpiente verde saliendo del agua. He ahí las cabañas, los prados, los bosques de castaños, las cañadas sobre los últimos planos de las montañas en que yo cogía flores, fresas, castañas con las que llenaba su delantal. Aquí me dijo esto, allí la confesé tal secreto de mi alma, en otro sitio hemos estado toda una tarde en silencio con los ojos fijos en el sol poniente, el corazón embargado de entusiasmo, la boca sin voz. Sobre esa ola ella quería morir. Sobre esta playa me juró vivir. Bajo este grupo de nogales sin hoja entonces, me juró que la volvería a ver antes que las nuevas hojas se pusieran amarillas. Comienzan a teñirse de amarillo. Pero el amor es tan fiel como la naturaleza. Dentro de algunos días la volveré a ver... Yo la veo ya, porque ¿no estoy aquí ya para esperarla y esperarla así no es verla ya?».

CXXXVIII

Después me figuraba el momento en que paseándome por detrás de las huertas sombreadas de nogales que bajan de la montaña por detrás del jardín del viejo médico, veía por fin la ventana del cuarto en que la esperaba abierta por la primera vez, y en la que una figura de mujer se apoyaba de codos entre las cortinas buscando con la vista alguna persona... Mi corazón, entonces palpitó con tal impetuosidad en el pecho, que me vi obligado a alejar por un momento esta imagen para poder respirar.

CXXXIX

Entre tanto, la noche había ido descendiendo de la montaña al lago. No se veían ni aun las aguas sino a través de una bruma de un claro oscuro que daba un color plomizo a su sábana sombría. En el silencio profundo y universal que precede a la oscuridad, el ruido regular de dos remos que parecía aproximarse a la orilla hirió mi oído. Pronto vi una pequeña mancha movible sobre el agua agrandarse a la vista y deslizarse, despidiendo una ligera franja de espuma por cada lado hacia la vecina ensenada de la casita del pescador. Creyendo que podría ser el mismo pescador que volvía de la costa de Saboya a su morada abandonada, bajé precipitadamente de las ruinas a la playa para encontrarme allí a la llegada del bote. Esperé en la arena a que el batelero hubiese abordado.

Cuando me vio:

—Señor –me gritó–, ¿sois el joven francés que se espera en casa de Francisca y a quien estoy encargado de entregar este papel?

Hablando así se echó al agua hasta media pierna y se adelantó hasta mí entregándome una gruesa carta. Conocí por el peso que esta carta contenía otras muchas. Abrí precipitadamente el primer sobre y leí confusamente, a la luz de la luna, un billete de mi amigo L..., fechado por la mañana en Chambery. L... me decía que mi alojamiento estaba reservado y preparado en casa de la pobre sirvienta del arrabal, que aún no había venido nadie de París a casa de nuestro amigo el antiguo médico; que sabiendo por mí mi próxima llegada a Haute-Combe, aprovechaba la partida de un hombre seguro, que debía pasar por bajo de la abadía para enviarme el paquete de cartas que habían llegado hacía dos días con mis señas, por las cuales debía yo estar afanoso; vendría a buscarme, decía, él mismo al día siguiente por la tarde a Haute-Combe, atravesaríamos el lago y entraríamos en el pueblo a favor de las sombras de la noche.

CXL

Recorriendo este billete, tenía el paquete con una mano temblorosa. Me parecía pesado como mi destino. Me apresuré a pagar y despachar al barquero, impaciente por volver a partir para salir del lago y entrar en el Ródano antes de las últimas tinieblas, le pedí un pedazo de vela para leer mis cartas y me lo dio. Pronto oí el ruido de sus remos hendiendo de nuevo la sábana profunda. Entré saltando de gozo en la habitación alta en que había extendido la paja para acostarme en ella. Iba a volver a ver los caracteres sagrados de este ángel en el sitio mismo en que se había manifestado a mis ojos. No dudé que una de estas cartas me anunciaría su salida de París y su próxima llegada.

Me senté sobre el montón de paja, encendí la vela prendiendo el cebo de mi escopeta y rompí el lacre del sobre. Hasta entonces no eché de ver que el lacre de este primer sobre era negro y que las señas estaban escritas por el doctor Alain. Este luto, en vez de la alegría que esperaba, me hizo estremecer. Las demás cartas, contenidas en un pliego separado se escaparon de mi mano y cayeron sobre mis rodillas. No me atrevía a leer ni una palabra más, temiendo encontrar... ¡ah!, lo que ni la mano, ni los ojos, ni la sangre, ni las lágrimas, ni la tierra, ni el cielo podían borrar... ¡la muerte! Sin embargo, en medio de un temblor tal de mi alma, que hacía saltar las sílabas en el papel leí estas solas palabras: «¡Sed hombre! Resignaos a la voluntad de Aquel, cuyos designios no son los nuestros, no esperéis a nadie!... ¡No la busquéis ya en la tierra, se remontó al cielo nombrándoos... un jueves, al salir el sol... Me lo dijo todo antes de morir... Me encargó que os enviara sus últimos pensamientos, escribió hasta el momento en que su mano quedó helada sobre vuestro nombre... Amadla en Cristo que nos amó hasta la muerte. .. y vivid para vuestra madre!...

Alain».

CXLI

Caí inanimado sobre la paja y no volví en mí hasta que el frío glacial del viento de medianoche heló mi frente. La vela ardía aún. La carta del médico estaba convulsivamente apretada entre mis dedos. El paquete, intacto aún, había rodado de mis rodillas al suelo. Lo abrí con los labios, como si temiera profanarlo, rompiendo con los dedos el lacre de un mensaje de tan alto. Muchas y largas cartas escritas por la mano de Julia, cayeron sobre mis rodillas. Estaban arregladas por orden de fechas.

En la primera había:

«Rafael!, ¡oh mi Rafael!, ¡oh mi hermano!, ¡perdonad a vuestra hermana el haberos engañado por tanto tiempo!... ¡Jamás esperé volveros a ver en Saboya!... ¡Sabía que mis días estaban contados y que no viviría hasta lograr esta felicidad!...

»Cuando os dije: Hasta la vista, Rafael, a la puerta del jardín de Monceaux, no me comprendisteis, pero Dios sí me comprendió. Quería deciros: ¡Hasta que nos volvamos a ver! ¡a bendecir!, ¡a amar eternamente en el cielo!...

»¡Niño mío!, he recomendado a Alain que os engañase también y que me ayudase a haceros partir de París. Quería, debía evitaros este disgusto tan cerca, que habría llevado un pedazo de vuestro corazón y todas vuestras fuerzas! Y después, ¡ah!... perdonadme aún, os lo digo todo: no quería que me vieseis morir..., ¡quería correr un velo entre vos y yo algún tiempo antes de la muerte!... ¡Ah!, ¡la muerte es tan fría!... ¡La siento, la veo, me da horror a mi misma!... ¡Rafael, quería dejar en vuestros ojos una imagen de belleza que pudieseis siempre contemplar y adorar!... ¡Pero ahora no partáis!... ¡no vayáis a esperarme en Saboya!... ¡Dentro de algunos días... dos o tres acaso... y no tendréis que esperarme en ninguna parte! ¡Estaré allí, Rafael! ¡Estaré en todas partes y siempre donde estéis!...».

Esta carta estaba toda empapada por largas lágrimas, que habían deslustrado y endurecido el papel.

Había en otra fechada un día después:

A medianoche del...

«¡Rafael! vuestras oraciones han hecho descender para mí una gracia del cielo. He pensado ayer en el árbol de la adoración, de Saint-Cloud, al pie del que vi a Dios a través de vuestra alma. ¡Pero aún hay otro más divino, el árbol de la Cruz!... ¡Lo he abrazado!... ¡no me separaré más de él!, ¡oh!, ¡qué bien se está bajo esta sangre y estas lágrimas que os lavan y os embalsaman! ¡Ayer he llamado a un santo sacerdote de quien Alain me había hablado. ¡Es un viejecito que lo sabe todo, que comprende todo, que perdona todo!... ¡Le he descubierto mi alma y ha derramado en ella la luz y la vida de Dios!... ¡Oh!, ¡qué bueno es Dios!, ¡qué indulgente!, ¡qué lleno de mansedumbre!, ¡qué poco le conocíamos!, ¡permite que os ame!, ¡qué seáis mi hermano!, ¡que sea vuestra hermana aquí abajo, si vivo; allá arriba vuestro ángel, si muero! ¡Oh Rafael!, ¡amémosle puesto que quiere que nos amemos como nos amamos!...».

Por debajo de esto había una pequeña cruz y como la impresión de un beso todo alrededor.

CXLII

Otra carta con letra muy alterada y en caracteres que se cruzaban y se mezclaban en la página, como en las tinieblas, decía:

«¡Rafael!, quiero deciros aún una palabra. Mañana acaso ya no podré. Cuando haya muerto no muráis vos también. Tendré cuidado de vos desde allá arriba. ¡Seré buena y poderosa, como el Dios tan bueno con quien voy a reunirme!... Amad incluso después de mí... Dios os enviará otra hermana que será además una santa compañera de vuestra vida... Yo misma se lo pediré... ¡No temáis afligir mi alma, Rafael!... ¿Yo celosa en el cielo de vuestra felicidad? ¡Oh, no! Me siento mejor después de haberos dicho esto. Alain os enviará estos pensamientos y un mechón de mis cabellos. ¡Yo voy a dormir!...».

Otra, por fin, casi ilegible, no contenía sino estas líneas todas borradas: «¡Rafael! ¡Rafael!, ¿dónde estáis? Me he sentido con bastantes fuerzas para salir de la cama... He dicho a la mujer que me cuida que quería descansar sola. Me he arrastrado a la luz de la lámpara, de mueble en mueble hasta la mesa en que os escribo... pero no veo... mis ojos nadan en la noche... Veo flotar manchas negras sobre el papel... ¡Rafael!, no puedo escribir... ¡Oh!, ¡al menos esta palabra!...».

Después había en gruesos caracteres, como los que hace un niño que ensaya por la primera vez una pluma, estas dos palabras que ocupaban toda la línea y que llenaban de alto a abajo la página: «¡Rafael! ¡Adiós!».

CXLIII

Habíanseme caído todas estas cartas de la mano y sollozaba sin verter lágrimas cuando vi una pequeña carta de letra del viejecito, su marido. Se había deslizado entra las otras en el momento en que quitaba el lacre del segundo sobre.

No contenía más que estas palabras:

«Ha muerto, algunas horas después de haberos escrito su último adiós. He perdido a mi hija... Sed mi hijo durante los pocos días que me quedan de vida. Está como dormida en su lecho, con la impresión en el rostro de una persona cuyo último pensamiento ha sonreído viendo alguna cosa más allá de nosotros. Nunca la he visto tan bella. Mirándola he tenido deseos de creer en la inmortalidad. Os he amado por ella. Amadme vos por ella».

CXLIV

Es una cosa extraña y feliz para la naturaleza humana, esa especie de imposibilidad de creer inmediatamente en la desaparición de un ser que se ha querido tanto. Rodeado de testimonios de su muerte esparcidos a mi alrededor, no podía aún creerme para siempre separado de ella. Su pensamiento, su imagen, sus facciones, el metal de su voz, el ingenio particular de sus palabras, la calma de su rostro, estaban tan presentes en mí, y por mejor decir, tan incorporados continuamente, que me parecía que ella estaba allí más que nunca, que me envolvía, que me hablaba, que me llamaba por mi nombre, y que elevándome iba a reunirme con ella y a volverla a ver. Es una distancia que pone Dios entre la certeza de la pérdida y el sentimiento de la realidad, como los sentidos mismos ponen otra entre el hacha que la vista ve caer sobre el tronco del árbol y el golpe que el oído siente resonar algún tiempo después. Este espacio amortigua de este modo el exceso de dolor engañándole. Algún tiempo después de haber perdido lo que se ama, no se cree aún todo perdido; se vive de la prolongación de esta existencia en sí mismo. Se experimenta una cosa parecida a lo que siente la vista cuando se ha mirado por mucho tiempo al sol poniente. Aun cuando el astro haya desaparecido en el horizonte, sus rayos no se han puesto para nuestros ojos; irradian aún en nuestra alma. Sólo poco a poco y a medida que las impresiones se extinguen y se precisan enfriándose, es como se llega a la separación sentida y completa y cuando se puede decir: «¡Ha muerto en mí!».

Porque la muerte ésta, no es la muerte: ¡es el olvido!

CXLV

Sentí este fenómeno de dolor durante aquella noche en toda su fuerza. Dios no quiso hacerme ver mi dolor de un solo golpe, por temor de que en él se ahogara toda mi alma. Me dio y me dejó mucho tiempo la ilusión y la convicción de la presencia en mí, a mi alrededor y delante de mí, del ser que sólo me había mostrado en una estación para volver sin duda, durante toda mi vida, mis ojos y mis pensamientos hacia la morada a que él la había llamado.

Cuando la vela del pobre barquero estuvo consumida, apreté mis cartas contra el seno. Besé mil veces el suelo de esta habitación que había sido la cuna de nuestro amor y que se había convertido en sepultura; tomé mi escopeta y me lancé maquinalmente, como un insensato, a través de las gargantas de la montaña. La noche era sombría. Se había levantado el viento. Las olas del lago, impulsadas contra las rocas de la base, golpeaban de un modo tan cavernoso, lanzando gritos tan humanos, que muchas veces me detuve desalentado y me volví como si me llamasen por mi nombre.

¡Oh! ¡sí me llamaban, no me engañaba; pero era desde el cielo!

CXLVI

No diré por quién fui encontrado a la mañana del día siguiente, errando por la orilla de un precipicio, envuelto entre las nieblas del Ródano. ¡Bendito sea!, esto basta; fui levantado, sostenido, llevado a los brazos de mi pobre madre.

Y ahora han pasado diez años sin poder apartar uno solo de los recuerdos de este gran año de mi juventud. Según la promesa de Julia de enviarme desde lo alto alguien que me consolase, Dios ha cambiado su don por otro; no me lo ha retirado. Frecuentemente vengo, con la que me devuelve mi esperanza paciente y dulce como mi melancolía, a visitar el valle de Chambery y el lago de Aix, Cuando me siento sobre las alturas de la colina Tresserves, al pie de estos castaños que han sentido el corazón de esta mujer palpitar junto a su corteza, cuando miro estas montañas, estas nieves, estas praderas, estos árboles, estos dientes de rocas sumergidos en una atmósfera cálida que parece bañar la tierra entera en un perfume líquido y embalsamado; cuando oigo estremecerse las hojas, zumbar los insectos, suspirar las brisas, y las olas del lago golpear suavemente sobre sus orillas con el ruido de una tela de seda que se desenvuelve pliegue a pliegue; cuando veo la sombra de la que Dios ha hecho mi compañera hasta el fin de mis días dibujarse a mi lado, sobre la arena o sobre la hierba; siento en mi pecho una plenitud de no desear nada ante la muerte y una paz que no agita ningún suspiro; entonces me parece ver el alma dichosa de la que se me apareció un día en estos lugares, levantarse brillante e inmortal de todos los puntos de este horizonte, llenar ella sola este cielo y estas aguas, resplandecer en estos esplendores, traspasar este éter, quemarse en estos fuegos, penetrar en estas olas, respirar en estos murmullos, rogar, alabar, cantar en este himno de vida que destila con estas cascadas de los ventisqueros en los lagos, y hacer correr y desbordar sobre este valle y sobre los que se la recuerda como una bendición que se ve por los ojos, que se oye por los oídos y que se siente en el corazón.

(Aquí concluía el manuscrito de Rafael.)

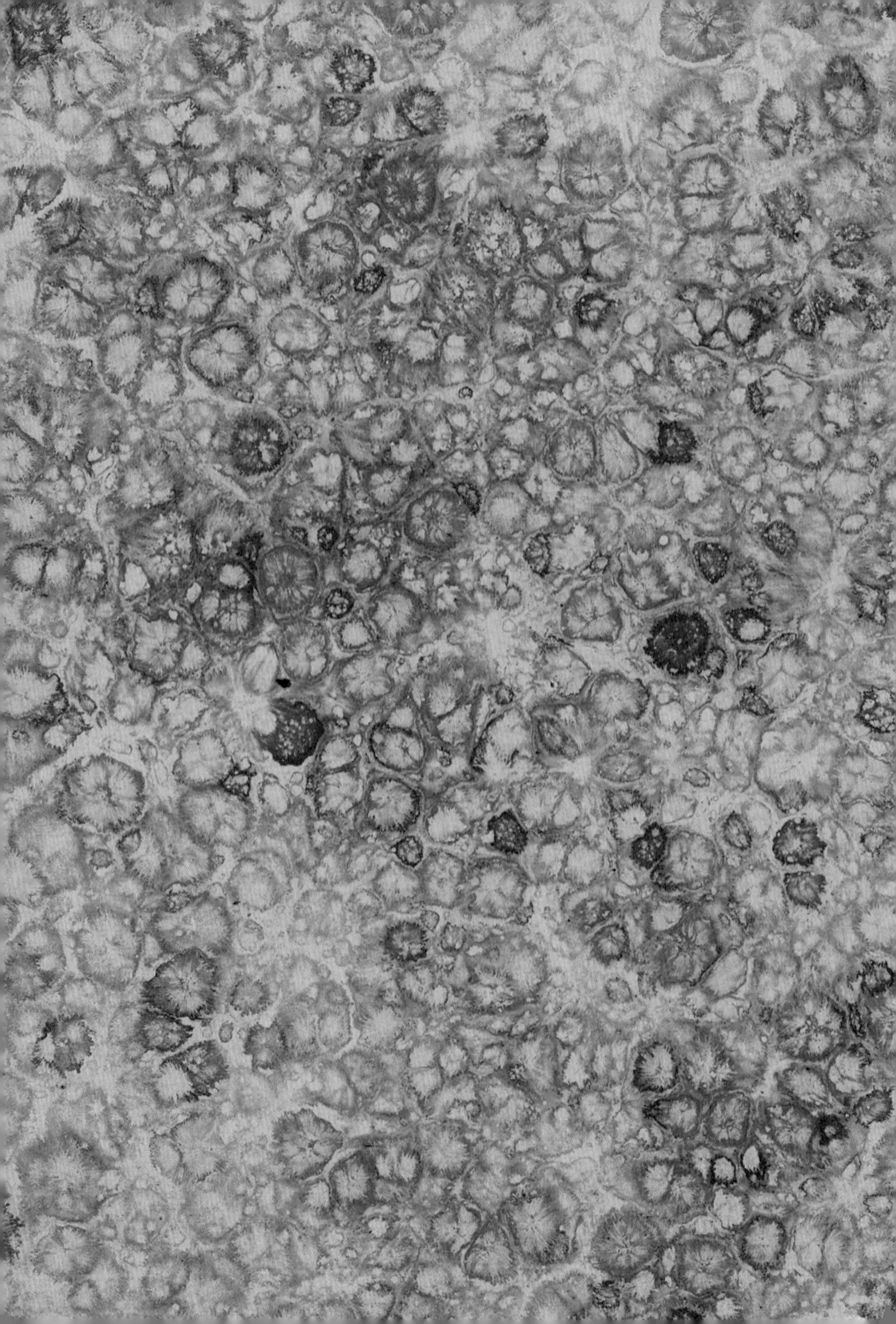